KB067910

YP 불법동물실험

# 신 호모데우스전

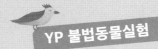

YP 불법동물실험

# 신 호모데우스전

이상권 장편소설

특별한서재

# 차례

-검색어 1위! YP 불법동물실험

　난 초딩 4학년 때 흰쥐 해부실험을 했어요. 해부하기 전 흰
쥐를 뒤집어서 네 발을 압핀으로 고정시켜 놓으니까, 어찌나
발버둥 치던지! 지금도 생생해요. 과학선생님이 주사를 놓았어
요. 난 선생님이 일러주는 대로 가죽을 벗기고, 뱃속 근육을 잘
라냈어요. 구불구불 내장이 보였어요. 가위로 갈비뼈 자를 때
엄청 손이 떨렸죠. 두근두근 뛰고 있는, 살아 있는 심장이 보이
더군요. 그걸 보니까 내 가슴도 두근거렸어요. 심장을 끄집어
냈지요. 그래도 심장은 계속 뛰더군요. 난 당장 심장이 멈추기
를 바랐죠. 그래야 아프지 않을 테니까요. 막상 심장이 멈추자

내가 뭔가 큰 잘못을 저지른 것만 같았어요. 실험이 끝나고 친구들은 '쫄깃쫄깃했다!', '짜릿했다!', '또 하고 싶다!' 그렇게 말하더라고요.

# 개를 수배합니다!

두두두두두! 그 소리는 살아 있는 모든 것들이 흔들어댔다. 학교 중앙 현관으로 나오던 희성은 동그란 기둥에다 몸을 밀착시키면서 위를 쳐다보았다. 기둥 사이에 거미 한 마리가 매달려 있었다. 그 거미처럼 늘 흔들리면서 살아가는 것들이라면 그 어떤 흔들림에도 당황하지 않을 텐데, 지금 희성이 겪고 있는 파동은 너무 거대해진 인간만이 겪는 혼란일지도 모른다. 군용헬기의 그림자가 학교 옥상을 훑고 지나갈 때는, 희성의 고막이 한순간에 먹통이 되어버렸다. 헬기가 사라진 뒤에도 희성의 고막에서는 여진처럼 그 소리가 남아 있었다. 한참 뒤에서야 주위에 있던 학생들의 목소리가 들렸다.

"미친! 고막 터지는 줄 알았네! 이게 뭔 일이래?"

"그러게 말이야. 다 YP 쪽으로 날아가잖아! 진짜 외계인이 쳐들어온 거 아냐?"

"그렇다니까! 외계인들이 백신 훔쳐가려고 YP Cell 센터를 방화한 거래!"

"맞아. 외계인도 오래 살고 싶은 건 마찬가지일 테니까!"

학생들은 외계인 침입설을 거의 기정사실로 받아들이고 있었다.

YP Cell 센터에서 불이 난 것은 사흘 전 자정 무렵이다. 큰 폭발음과 함께 연기가 치솟자 근처 시민들이 놀라 집 밖으로 뛰쳐나오는 소동이 벌어졌다. 불길은 서너 시간 만에 잡혔지만 소방 당국에서는 그 화재에 대해서 납득할 만한 해명을 내놓지 않았다. 이상한 소문은 그런 불확실한 상황일수록 더욱 빠르고 은밀하게 퍼져 나가기 마련이다. 외계인 침입설도 그래서 생겨났고, 순식간에 검색어 1위를 차지하기도 했다.

몇 년 전 YP(원래 노란 행성으로 불렸지만 몇 년 전부터 글로벌 회사를 표방하면서 'Yellow planet'의 약자인 YP를 그룹명으로 쓰게 되었다) Cell 센터 소속 윤성환 박사 팀은 핵이식을 통한 체세포 복제방식으로 복제돼지를 탄생시켰고, 유전자 조작까지 성공하여 그 복제돼지의 장기를 인간에게 이식할 수 있게 되었다. 물론 미국의 과학자들보다 1년가량 늦어서 노벨상은 그들에게 돌아갔지만, 윤 박사 팀도 전 세계적인 관심을 받게 되었다. 하루아침에 윤 박사는 유명해졌고, YP의 주식은 연일 상한가를 쳤다. 그런 YP Cell 센터에서 화재가 발생했으니, 전 국민의 눈과 귀가 그쪽으로 쏠리는 것은 당연한 일이다.

희성은 주위에 있던 학생들이 다 흩어지고 나서야 천천히 운동장으로 내려갔다.

오늘따라 차들이 뒤엉켜 있는 교문 앞은 북새통이다. 희성은 눈을 찌푸리면서 학교 건너편으로 눈길을 보낸다. 상업적인 리더 역할을 하는 주상복합 아파트를 중심으로 모시고, 최대한 남향으로 창을 내려고 이리저리 온갖 꼼수를 부리며 자리 잡은 신도시 아파트들의 기세가 오늘따라 더 대단해 보인다. 희성이 다니는 학교는 그 아파트 학생들을 수용하기 위해서 생겨난 셈이다.

그 북새통을 빠져나온 희성의 입에서는 가늘게 휘파람이 흘러나온다. 고문처럼 뜨겁고 끈적거리는 햇살이 쏟아져도 그렇게 휘파람을 불고 있으면 잠시나마 현실을 잊게 된다.

"유령아!"

"야, 유령!"

유령이란 희성의 별명이다. 편의점 앞에서 몇몇 여학생들이 희성을 불렀다. 희성은 못 들은 체하고 지나치다가 깜짝 놀라면서 멈춰 선다. 키가 크고 뚱뚱해서 거인 같은 사람이 희성을 막아선 것이다. 여학생들은 그를 경찰아저씨라고 부르고 있었다. 그렇게 뚱뚱한 사람도 경찰이 될 수 있다는 사실을 희성은 처음 알았다.

"잠깐 몇 가지만 물어보자."

그의 눈빛은 수갑처럼 상대를 꼼짝 못하게 옭아매는 힘이 있었다. 희성은 엉거주춤 그가 내미는 전단지를 받아들었다. 비글 사진이 눈에 확 들어온다.

전단지에는 '개를 찾습니다'가 아니라 '개를 수배합니다'라고 적혀 있다. '개를 수배한다'는 것은 뭔가 나쁜 짓을 한 개를 추적한다는 뜻이고, '개를 찾는다'는 것은 집을 나간 개를 찾는다는 뜻이므로 엄청난 차이가 있다.

> ### 수배견 품종: 비글
> ### 이름: 애플
>
> 이 개는 YP Cell 센터에서
> 실험용 개로 사육되고 있다가 탈출했습니다.
> 이 개는 치명적인 바이러스에 걸려 있는
> 아주 위험한 개입니다.

학교 뒤쪽 산 너머에는 YP의 본사를 비롯하여 의학박물관, 의학도서관, 백신홍보관, 동물은행, 영장류센터, Cell 센터 등이 숲속 분지에 자리 잡고 있다. 건축가들은 그 건물이 하나씩 생겨날 때마다 온갖 미학적인 찬사를 늘어놓으면서 단순한 대기업의 상업용 건물이 아니라 그 자체만으로도 예술이며 미래도시의 작은 표본이라고 떠들어댔다.

희성이 멍하니 서 있자, 그 뚱뚱한 경찰이 어깨를 툭 건드렸다. 순간 희성은 차가운 물방울이 뒷목으로 쏟아졌을 때처럼 놀라면서 목을 움츠린다.

"그 개가 이 동네로 숨어들었다. 여기 학교 앞에 있는 CCTV에도 찍혔거든. 근데 이 근처에서 사라져버렸다. 너 혹시 본 적 있냐?"

"몰라요."

희성은 자꾸만 굳어지는 것 같은 턱을 감싸며 그렇게 말했다.

경찰은 잠시도 희성한테서 눈을 떼지 않는다.

"하도 위험한 개라서 그래. 너도 비글을 키운다면서?"

"우리 개는 작년에 집을 나갔어요. 죽었는지 살았는지도 몰라요."

"혹시 이 수배견과 비슷하게 생긴 개를 보거든, 즉시 신고해야 한다. 신고하면 엄청난 포상금까지 지급한단다."

경찰이 희성의 어깨를 토닥거렸다.

편의점을 지나자 어린아이들의 노래가 아련하게 고막으로 밀려들었다. '꿈 유치원'이라고 새겨진 나무 팻말이 눈에 들어왔다. 그 노랫소리가 희성의 허술하고 불안한 마음의 틈새를 잠시나마 메워주는 것 같았다. 아침에 눈만 뜨면 송사리처럼 종알거리는 힘으로 살았던 그 시절, 세상에 대해서도 몰랐던 그 시절이 새삼 그립다.

　희성은 유치원 앞에서 한참을 서성거리다가 천천히 걸어갔다.

　숲을 오른쪽으로 끼고 가파른 언덕길을 오르자, 희성의 연붉은 벽돌집이 보인다. 부모님은 희성이 다섯 살 때 목 좋은 서울의 아파트를 포기하고 전원주택으로 이사했는데, 돌아가신 할아버지 때문이라는 말을 가장 많이 했고, 가끔은 할머니 핑계를 대기도 하다가 최근에는 아이들 때문이라고도 했고, 며칠 전에는 아빠 자신이 이런 취향이라는 깜짝 발언을 하기도 했다. 도대체 뭐가 맞는 말인지 희성은 모르겠다.

　요즘 들어 희성은 자꾸만 집이 낯설어진다. 어제도 그랬고, 그제도 그랬다.

　이제는 마당에 아무도 없다. 할머니가 돌아가시자 꽃밭을 관리하기 힘들다는 이유로 아빠는 백일홍을 비롯한 온갖 꽃들을 다 뽑아버렸다. 그러자 꽃밭 가장자리에서 살던 자두나무가 갑자기 곡기를 끊어버린 사람처럼 시들시들 앓다가 이파리가 떨어져내리고, 억센 근육질 가지들이 부러져내리기 시작했다. 아빠는 자두나무가 죽었다고 하면서 베려고 했고, 엄마는 일시적인 현상일 수 있으니 내년 봄까지만 기다려보자고 유보시켰다.

꽃밭 가에서 놀다가 희성을 반겨주던 비글은 할머니가 데리고 온 유기견이다. 할머니는 그 개가 몸이 약해서 상한 음식은 절대 안 되고, 물도 정수된 것만 줘야 한다고 하면서 당신이 모든 과정을 관리했다.

그 비글은 꽃을 좋아했다. 백일홍 뿌리가 땅속에 숨겨져 있는 온갖 아름다움을 빨아들이면서 동그랗게 부풀어 오를 때마다 그 꽃에게 말을 걸면서 쳐다보았다. 희성은 자연스럽게 그 개를 '백일홍'이라고 불렀고, 할머니도 그 이름이 좋다고 했다.

백일홍은 집으로 들어오는 희성을 열정적으로 반겨주었다. 희성은 학교에서 돌아올 때마다 그런 백일홍을 끌어안고 한동안 움직이지 않았다. 그렇게 상대의 심장 소리를 느껴야만 희성은 자신이 살아 있다고 확신할 수 있었다.

# 단톡방을 이용한 보겸의 복수

희성은 저녁을 먹자마자 2층 방으로 가서 책상에 앉았다. 엄마가 공부에 대한 간섭을 하지 않아도 희성은 학교 성적으로부터 자유롭지 못했다. 공부로부터 벗어난다는 것은, 적어도 살아 있는 한 불가능하다는 것을 희성은 잘 알고 있었다. 그래서 집중하려고 해도 맘대로 되지 않았다. 컴퓨터를 부팅시켰다. 윙 하는 기계음이 온몸으로 전달되었고, 그와 동시에 보겸과 길라의 얼굴이 떠올랐다. 희성은 머리카락에 붙은 벌레를 떨어 트리듯이 마구 머리를 흔들어대다가 급하게 전원버튼을 눌러 버렸다.

겜 Boy: 야, 유령! 너 왜 토론방에 안 들어오는 거야? 씨바, 디질래!

　　　　　　　　　　　　　　　　　　　　신 호모데우스전

보겸의 카톡도 눈팅만 하고 무시했다. 어제부터 토론이 길라한테 불리한 쪽으로 흘러가고 있었고, 그러자 토론방에 들어가는 것 자체가 부담스러워졌다. 희성은 보겸만 생각하면 괜히 식은땀이 나고 불안해지면서 목과 턱이 굳어진다. 어쩌면 희성은 보겸이 알러지라는 특이한 병을 앓고 있는지도 모른다. 그러니 보겸이 두렵기는 해도 자기 때문에 길라가 곤경에 처하는 것만 같아서 오늘만큼은 모른 체하고 싶었다. 물론 길라랑 친하지도 않다. 그런데도 왜 길라의 얼굴이 선명해지고 미안한 마음이 드는지 알 수가 없었다.

보겸은 깡마르고 키마저 작아서 뒷모습만 보면 초딩 같지만, 갑자기 도발적으로 뿜어내는 그의 눈빛을 보면 희성은 저도 모르게 뒷걸음질 치고야 만다. 보겸은 항상 앞머리로 교묘하게 눈을 가리고 있다가, 갑자기 고개를 홱 돌리면서 그 날카로운 눈빛으로 기선제압한다. 그다음에는 무차별하게 욕설을 퍼붓는다. 그의 욕설은 보통 아이들 수준에서 거론되는 그저 그렇고 그런 것하고는 차원이 다르다. 너무 잔인하고 소름 끼쳐서 감히 그에게 맞설 엄두를 내지 못하게 한다.

희성은 처음부터 그런 눈빛에 저항할 엄두가 나지 않았고, 숙주의 특징을 잘 알고 있는 그는 희성의 마음속에 무임승차하여 기생체 노릇을 하고 있었다. 희성은 수시로 그의 지령을 받고 누군가의 가방을 칼로 긁어놓았고, 누군가의 휴대폰을 훔쳐서 버리기도 했고, 심지어 엄마의 돈을 훔쳐서 가져다주기도 했다.

게임을 좋아하는 보겸은 PC방에 가면 그 눈빛이 어찌나 반짝거리던지, 전혀 다른 사람이 되어 버렸다. 그를 아는 거의 모두가 "겜 Boy!"니 "겜 10단!"이니 하고 비위를 맞췄으나 딱 한 사람만 그런 공식을 무시했다. 그게 바로 한길라다.

보름 전에도 그런 일이 있었다. 보겸이 지민에게 돈을 뜯어내려고 했다. 교실에서 일어난 일이었으니까, 거의 모든 아이들 눈빛이 모자이크처럼 쏟아지고 있었다. 모든 목격자들이 모른 체했고, 심지어 반장도 슬그머니 돌아서버렸다. 보겸이 가방에서 지갑을 끄집어내려고 하자, 지적장애가 있는 지민은 필사적으로 가방을 끌어안고는 바닥에서 애벌레의 전술로 굴러다녔다. 그러자 길라가 다가와서 책상이 부서지도록 발길질을 하고는 "지금 뭐 하는 거야, 이 양아치 새끼야!" 하고 소리쳤다. 갑자기 길라의 눈빛이 치고 들어오자 보겸은 얼른 앞머리로 자신의 흔들리는 눈을 가렸다. 길라가 지민을 데리고 교실을 나갔다. 그제야 그는 분노를 삼키면서 으르렁거렸다.

"씨바, 저런 싸가지를 가만두나 봐라!"

그다음 날 물리시간이었다. 그날따라 학생들의 눈빛은 자꾸만 풀어지고 이상하게도 산만했다. 날씨 탓일 수도 있고, 식곤

증이 가장 위세를 떨치는 5교시라는 시간 탓일 수도 있다. 담임인 물리선생님은 한동안 그런 학생들을 방목하듯이 바라만 보다가 돌연 동물실험에 대한 이야기를 끄집어냈다.

공항에 가면 마약이나 폭발물 탐지견으로 활동하는 비글을 볼 수 있다. 국가견이라고 하는 개들은 은퇴를 하게 되면 편안한 노후를 보장받게 되어 있다. 그런데 얼마 전 탐지견으로 활동하던 국가견이 은퇴한 뒤 대학연구소로 끌려가서 모진 실험을 당해 실명되고 고통스러워하는 장면이 폭로되었는데, 혹시 아는 사람 있냐고 물었다. 아무도 말하지 않았다. 선생님은 잠깐 무슨 생각에 잠겨 있다가 입을 열었다.

"그럼 다음 시간에 이 문제에 대해서 발표하는 시간을 가져보는 게 어떨까? 동물실험에 대해서. 찬성이든 반대든 각자 알아서. 마침 방학하자마자 시 교육청에서 주최하는 과학 스피치 대회가 있는데, 이번에 준비를 잘해서 거기에 한 번 나가보는 것도 좋을 듯. 어때?"

뜻밖에도 보검이 "좋아요!" 하고 소리쳤다. 그의 돌발행동에 어리둥절해하는 아이들도 있었으나 대다수는 지루한 물리수업보다는 낫다고 동조했다.

며칠 뒤 물리시간이었다. 늘 수업 분위기를 위해서 자신을 희생하는 반장이 마수걸이하는 식으로 나섰다. 반장은 동물실험 반대 입장을 읽어갔다. 너무 길어서 학생들이 지루해하자 그는 슬그머니 결론으로 넘어가서 마무리 짓는 눈치도 있었다. 그러자 반에서 가장 물리를 좋아한다는 시환이 동물실험 찬성하는 내용을 발표했다. 그는 신약을 만들기 위해서는 반드시 실험이 필요한데 인간을 대상으로는 할 수 없으니 안타까워도 동물실험은 어쩔 수 없다고 짧고 강렬하게 말했다. 박수가 터졌다. 그때 길라가 앞으로 나갔다.

"있잖아요, 암 중에서 폐암 사망률이 가장 높은 거 알고 있죠? 그래서 지금도 전 세계 수많은 연구실에서는 폐암 백신을 개발하기 위해 개나 원숭이한테 담배 연기를 억지로 마시게 하면서 온갖 실험을 하고 있죠. 근데 왜 그런 짓을 하느냐 이겁니다. 수많은 동물들을 죽이고, 천문학적인 돈을 낭비하면서요. 폐암은 거의 대부분 담배 때문에 발생해요. 그럼 간단하잖아요. 담배를 피우지 못하게 하면 되잖아요? 근데 폐암의 직접적인 원인을 뻔히 알면서도 담배를 피우게 하고, 그래서 폐암에 걸리니까 그것을 치료하는 약을 개발하겠다니. 이런 발상이 너무도 황당하다는 겁니다."

선생님이 다른 의견이 있냐고 학생들을 보았다. 보겸이 기다렸다는 듯이 희성을 지명했다. 누군가 "유령! 유령!" 하고 소리쳤고, 삽시간에 유령을 부르는 목소리가 교실 안에 가득 차서 괴기스러울 정도였다.

어쩔 수 없이 앞으로 나간 희성은 동물들 입장에서 보면 억울할 수도 있겠지만 인간이 세상을 지배하고 있기 때문에 어쩔 수 없다고 말했다. 폐암 역시 담배를 피우지 않는 사람도 생긴다는 것을 희성은 알고 있었다. 오랫동안 투병을 하다가 돌아가신 할아버지의 몸에서 암세포가 가장 먼저 발견된 곳은 폐였고, 그놈은 온몸을 돌고 돌아서 돌아다니다가 결국 다시 폐로 돌아와서 할아버지의 심장을 멈추게 하였다. 그런데 할아버지는 평생 한 번도 담배를 피우지 않았다고 했다. 희성이 그런 이야기를 하자 박수가 쏟아졌다.

묵묵히 듣고 있던 길라는 입술에다 힘을 모으려는 듯, 입술을 손으로 문지르고는 일어섰다. 그때 공교롭게도 수업이 끝났음을 알리는 벨이 울리고야 말았다. 다시 보겸이 소리쳤다.

"샘! 반 카페에다 토론방 만들어서, 이 문제를 더 토론해봤으면 좋겠어요!"

길라는 잠깐 주춤했다가 "좋아요!" 하고 말했다. 그렇게 해서 동물실험에 대한 토론방이 만들어지게 된 것이다.

그 토론방에다 가장 먼저 글을 올린 것은 길라였다.

한길라: 얼마 전에 이런 기사를 봤습니다. 외국 어떤 사료회사가 우유
생산량을 늘리기 위해 살아 있는 소에다 구멍을 낸 뒤 위장에다 직접

사료를 넣는 거예요. 젖소 몸통에다 구멍을 만들어서 날마다 그 뚜껑을 열고 사료를 집어넣어요. 그렇게 해서 더 빠르게 소화가 되면 더 많은 우유를 빠르게 받아낼 수 있다네요. 만약 그 실험의 결과가 좋으면, 이제 젖소는 입으로 사료를 먹지 못하고, 우유 만드는 기계가 되는 거죠.

희성도 놀랐다. 살아 있는 소에다 구멍을 내고 그런 실험을 한다니, 생각만 해도 끔찍했다. 그러나 더 많은 우유를 더 빠르게 생산하기 위해서는 어쩔 수 없다는 생각도 들었는데, 길라의 주장에 동의한다는 댓글이 점점 늘어나고 있었다.

그때 보겸에게 카톡이 왔고, 희성한테 먼저 반박하는 글을 올리라고 했다. 희성은 평소 자기 생각을 조심스럽게 토론방에다 올렸다.

희성: 동물실험을 반대하는 이유가 실험동물의 고통 때문이라고 한다면, 음식으로 쓰이기 위해서 죽어가는 동물들의 고통에 대한 지적도 있어야 합니다. 근데 그런 말은 안 하잖아요? 아무도 우리가 먹는 치킨, 즉 닭의 고통에 대해서는 말하지 않으면서 왜 실험실 동물의 고통에 대한 이야기만 하는지 모르겠어요.

그 글을 신호로 길라의 주장에 반대하는 글이 쏟아졌다.

겜 Boy: 유령의 말에 동의합니다. 동물실험 때문에 우리가 이렇게 건강하고 오래 사는 거라고요. 그 사료회사에서 한 실험에 반대한다면 우유로 만든 모든 음식을 먹지 말아야지요. 빵부터 과자, 치즈, 스파게티, 피자 등등 우유가 들어간 것은 다.

Hunter: 맞아요. 음식으로 먹기 위해서 여러 동물을 죽이는 것은 문제 삼지 않으면서, 의학이나 공학, 심리학 같은 지식발전을 위해서 하는 동물실험만 문제 삼는 것은 말이 안 되죠. 그런 사람은 고기가 들어간 어떤 음식도 먹으면 안 되고, 아파도 약 먹으면 안 되는 거죠!

한길라: 동물실험 때문에 인간이 건강하게 오래 살게 되었다는 것은 전혀 근거가 없어요. 실제 동물실험을 거쳐 개발된 신약이 인간의 병을 치료한다고 알려진 것은 아주 미미해요. 화장품도 마찬가지예요. 그래서 유럽을 비롯하여 미국에서는 이미 화장품을 만들 때 동물실험을 금지했고요. 우리나라도 많은 기업들이 그렇게 하고 있어요.

Go Go: 뻥까시네! '우리 가게에서는 동물실험을 한 제품만 판매합니다!' 이것은 제가 어제 이모한테 카톡으로 받은 사진에 적혀 있는 문구인데, 강남 사모님들이 가는 아주 비싼 곳이랍니다.

Speed010: 나도 그런 가게 봤는데. 서울에서. 근데 그렇게 써붙인 곳이 훨씬 잘된답니다.

겜 Boy: 그렇다니까요. 겉으로는 화장품을 만들 때 동물실험하지 말자고 하죠. 그래야 멋있어 보이죠. 방송 같은 데 나와서 다들 그렇게 떠벌려야 뭔가 생각이 깊은 것 같고, 그죠? 근데 뒤돌아서면 달라지죠. 불안하잖아요? 그것 발랐다가 무슨 부작용이 생길지…… 그래서 동물실험 했다고 한 가게를 찾아가는 거라구요.

멍때리기: 동의합니다. 동물실험 반대하는 사람들은 병원에도 가지 말아야 하고, 화장품도 쓰면 안 되고요, 우유도 먹으면 안 돼요. 지구를 떠나야지요!

겜 Boy: 온갖 병에 걸렸어도 약을 주면 안 되는 거죠. 뒤져도 어쩔 수 없는 거죠!

어느 순간부터인지 길라한테 인신공격까지 하게 되었다. 누군가 인신공격을 하지 말자고 해도 제동이 걸리지 않았다. 보겸의 치밀한 보복작전이 완벽하게 먹혀들고 있었다.

어쩌면 오늘은 더 심한 공격이 가해졌을지도 모른다. 그런 생각을 머리맡에 두고 자려니까, 잠이 오지 않았다. 창밖으로 보이는 마을의 불빛이 마치 다른 세상에서 반짝거리는 듯한 착각이 들었다. 요즘 들어 그런 현상이 자주 일어났다. 희성은 이불로 온몸을 덮어쓴 채로 핸드폰을 만지작거리다가 '한길라! 나 희성인데, 미안해. 나 때문에.' 하고 카톡을 보내고야 말았다. 당연히 길라한테 처음 보내는 카톡이다. 놀랍게도 답장이 바로 왔다. 순간 새벽에 또랑또랑 빛나는 별을 보는 것만큼이나 정신이 맑아졌다.

신 호모데우스전

한길라: 너 정말 김희성 맞니? 니가 나한테 카톡을 다 하다니!

거의 모든 학생들은 희성을 '유령'이라고 부르기 때문에 당연히 길라도 그럴 줄 알았는데, 그녀는 뜻밖에도 김희성이라는 이름을 불러주었다.

순간 희성은 보겸이 떠올랐다. 입학하고 사흘째 되는 날이었다. 보겸이 식당에서 혼자 밥을 먹고 있는 희성한테 다가왔다.

"야, 유령! 너 중학교 때도 별명이 유령이었지? 그치? 다 알아, 새끼야!"

상대의 눈빛은 이미 희성의 마음속을 구석구석 훑고 있었다. 잊고 싶었던 그 별명을 고등학교에 와서도 달고 살아야 한다고 생각하자 맥이 빠졌다. 중학교 2학년 때였던가. 누군가의 입에서 '유령 같은 놈'이라는 말이 시작되었고, 그것이 자연스럽게 희성의 별명으로 굳어졌다. 말이 없고 조용하기 때문이라는 것! 좋게 표현하자면 착하다고 할 수 있겠지만, 누군가 해코지해도 아무런 저항을 하지 못하기 때문에 바보라는 별명이 더 어울릴지도 모른다. 희성은 바보라는 말보다 유령이 더 낫다고 생각하면서도, 막상 유령이라는 말을 들으면 진짜 유령이 되어가는 기분이었고, 피가 말라가면서 바닥에 떨어진 나뭇잎처럼 몸이 바스라질 것만 같았다. 그런데 길라가 이름을 불러주자 희성은 저도 모르게 '고마워.' 하고 답장을 보냈다.

한길라: 뭐가 그렇게 고맙냐?

김희성: 암튼 나 엄청 망설이다가 톡 보내는 거야.

한길라: zz 알아.

김희성: 암튼 나 때문에 일이 커진 것 같아서. 내가 젤 먼저 반박하는 글을 올렸잖아!

한길라: 그게 뭐 어때서? 생각이 다른 게!

김희성: 이야, 넌 진짜!

한길라: 진짜 뭐?

김희성: 그냥, 넌 뭔가!


　희성은 그렇게 카톡을 주고받다가 어디선가 "희성아!" 하고 부르는 소리를 들었다.

　희성은 속으로 '누구지?' 하고 창문을 열었다. 마당에서 어슴 푸레하게 실루엣이 드러났다. 그건 비글이었다.

　희성은 쿵쿵쿵 소리가 날 정도로 뛰어서 아래층으로 내려가 현관문을 열었다.

　아빠는 꽃밭을 정리한 다음 그곳에다 나무 탁자를 놓았다. 바로 그 탁자에 비글이 앉아 있었다. 어디선가 본 듯한 얼굴이 었다.

　"너, 낮에 경찰이 준 그 전단지에 나오는 수배견이구나! 맞 네, 맞아! 근데 네가 왜 나를?"

희성이 은연중에 경계하면서 턱을 낮추자, 애플이 고개를 흔들었다.

"그 전단지에 내 몸이 나쁜 바이러스로 범벅이 되어 있다고 적혀 있을 테지만, 그건 거짓말이야. 그러니 안심해도 돼."

희성은 잠깐 어떻게 할지 고민을 하다가 개랑 말하는 상황은 꿈이 아니고서는 불가능하다고 판단했다. 그러자 조금은 편안해졌고, 왜 여기로 왔냐고 물을 수도 있었다.

"누군가 자꾸 부르는 것만 같았어. 그러다가 여기로 와보니 낯익은 냄새가 나더라. 분명 내가 아는 냄새! 여기에 다른 비글이 살았지? 맞지? 그 개는 나랑 같이 YP 연구소에서 살았던 개야."

"헐, 그럼 백일홍이 YP 실험실에서 탈출한 개였다는 말이야?"

"아, 너희 집에서는 백일홍이라고 부르는구나. 좋아, 그럼 나도 그렇게 부르지. 암튼 백일홍이 나를 여기로 불러온 것은 분명해."

순간 희성은 피식 웃음을 터트렸다. 어차피 꿈이니까 아무래도 상관없다고 중얼거렸다.

애플은 왼쪽 앞발로 탁자를 두드리면서 낮게 말했다.

"백일홍은 이런 일이 있을 것이라고 예측했는지, 내가 숨어 있을 곳도 마련해놓았더라고. 저 자두나무 뒤쪽에 가면 납작한 돌멩이 하나가 있을 거야. 그 밑에 작은 구멍이 있어."

그 말이 사실인지 궁금했다. 그래도 애써 확인하고 싶지는 않았다. 어차피 꿈이니까. 희성은 시큰둥하게 대꾸했을 뿐이다.

"그런 곳이 있다면 굳이 나한테 말하지 않고 숨어 있으면 되잖아?"

"숨을 곳은 문제가 되지 않지만 먹을 게 없어서 그래. 우린 실험실에서만 살았기 때문에 아무거나 먹으면 안 돼. 상한 음식을 먹었다가는 바로 탈이 나서 죽게 돼. 그래서 도와달라고 하는 거야. 깨끗한 음식이나 물이 필요해. 아, 그리고 이건 내 선물이야. 이걸 차고 다니면 행운이 따를 거야."

애플은 자기 목에 걸려 있던 사과 목걸이를 풀어 희성한테 내밀었다.

희성은 그걸 왜 나한테 주냐는 눈빛으로 상대를 보았다.

"내가 만약 자유롭게 산다면 누군가에게 늘 선물을 주면서 살고 싶어. 난 선물을 줄 때가 가장 좋거든. 그러니까 부담스러워하지 않아도 돼."

그 말을 듣고서야 희성은 목걸이를 받았다. 그 개는 왼쪽 앞발을 절어서 걸을 때마다 몸이 왼쪽으로 쓰러질 것처럼 휘청거렸다.

# 수색견을 앞세우고 집으로 들이닥친 경찰

알람 소리에 눈을 뜬 희성은 화장실에 가서 세수를 하다가 뭔가 달랑거린다는 것을 알았다. 목걸이였다. 사과 모양의 목걸이가 눈부시게 환한 빛을 뿜어냈다.

"그럼 그게 꿈이 아니었다고? 그게 가능한 일이야?"

희성은 화장실 거울에다 물을 끼얹으면서 그 속에 있는 또 다른 희성한테 진실을 알려달라는 투로 말했다. 엄마가 부르는 소리를 듣고 나오면서도 지금도 꿈을 꾸는지 모른다고 몇 번이나 중얼거렸다.

시청에 근무하는 아빠는 벌써 나갔고, 주민자치센터에서 근무하는 엄마도 출근 준비 때문에 눈 마주칠 겨를도 없었다. 희성은 엄마의 승용차가 주차장에서 빠져나가는 것을 확인하고는 밖으로 나갔다. 자두나무 뒤에서 두꺼비 한 마리가 엉금엉금 기어가고 있을 뿐, 아무리 보아도 개가 숨어 있을 만한 굴은 없었다.

희성은 '그럼 그렇지. 그건 꿈이었어.' 하고 중얼거리다가 그 두꺼비가 왼쪽 앞발을 심하게 절고 있다는 사실을 발견했다. 애플도 왼쪽 앞발을 절었다. 두꺼비는 자두나무 뒤에 있는 납작한 돌멩이로 앞으로 가서 앞발로 톡톡 두드렸다. 그러자 돌멩이가 옆으로 움직였고, 두꺼비는 쥐구멍만 한 굴속으로 사라졌다.

입을 헤 벌리고 있던 희성이 그 돌을 발로 슬쩍 밀어냈다.

"헐, 이거 뭐야!"

놀랍게도 그 굴 안쪽에는 두꺼비만큼 작아진 그 개가 앉아 있었다.

"뭐야, 방금 전에 본 두꺼비가 너였어?"

애플이 고개를 끄덕였다.

"그래야 사람들 눈에 안 띄잖아? 근데 자주 변신할 수 없어. 한 번씩 다른 동물로 변할 때마다 엄청난 에너지가 소모되기 때문이야."

희성은 입을 크게 벌렸다. 직접 눈으로 보고도 믿어지지 않았다.

"나 배고파. 빵 좀 갖다줘."

"어, 어, 알았어."

희성은 집에 가서 식빵을 들고 오면서도 이게 꿈인가 아닌가 하고 계속 휴대폰을 열어 날짜까지 확인했다.

애플은 희성이 준 식빵을 입에 물고 굴속으로 사라져버렸다.


선생님은 오늘로서 동물실험에 대한 토론을 마친다고 했다. 길라랑 반장을 비롯하여 몇몇 아이들에게 자기 생각을 더 정리해서 과학 스피치 대회에 참여해볼 것도 권유했다.

"거기에서 우승하면 대학합격증 주나요?"

보겸이 그렇게 말하자 다들 웃음바다가 되었다. 보겸은 조용해지기를 기다렸다가 슬그머니 길라를 흘겨보면서 비릿하게 웃었다.

"샘, 근데 좋은 대학에 갈 정도로 스펙이 쌓이려면 과학 스피치 대회 정도로는 안 되고요, 학술논문 정도는 써서 발표해야 하는 거 아닙니까? 요새는 고딩들도 학술논문 많이 발표하잖아요?"

"할 수만 있다면 그런 논문을 써보는 것도 좋아. 동물실험이란 우리 생활하고도 밀접하게 관련을 갖고 있으니까, 그런 부분들을 조사하고 연구해서 글을 써보는 것도 좋고."

"샘, 근데 학술논문을 써도 어딘가에 게재하려면 어느 정도 빽이 있어야 한다고 하는데…… 샘이 그런 빽이 있나요?"

거침없는 보겸의 말에 선생님은 한동안 너털웃음을 짓더니, 만약 보겸이 가담해서 그런 글을 쓴다면 어딘가에 게재할 수 있도록 책임지겠다고 힘주어 말했다.

점심시간에 매점 앞에서 마주친 길라가 대뜸 희성한테 말을 걸었다.

"있잖아, 어제 카톡 고마웠어."

약간 먼 곳에서 흘러오는 것처럼 나지막한 목소리였다.

"참, 너 비글 키워봤다고 했지? 야, 근데 난 비글만 보면, 얼굴이 다 비슷비슷하더라고. 그 개가 그 개 같고, 저 개가 저 개 같고."

"어, 난 비글 표정이 가장 다양해 보이는데."

희성은 비글에 대해서는 하루 종일 떠들 수 있었다. 비글은 사람의 마음을 잘 안다. 어떨 땐 어른 같고, 어떨 땐 친구 같다. 희성은 세상 모든 사람들이 비글 같다면 얼마나 좋을까, 하는 생각을 얼마나 많이 했는지 모른다.

물론 할머니만큼 비글을 안다고 할 수는 없을 것이다.

투병 생활을 하던 할아버지가 돌아가시자 할머니는 심한 우울증에 빠져들었다. 의사들도 그런 할머니를 밝게 해주지 못했는데, 비글인 백일홍이 할머니의 얼굴에다 웃음의 씨앗을 뿌렸다. 할머니는 당신의 얼굴에서 피어나는 웃음꽃을 마당으로 옮겨 심었고, 날마다 마당에서는 손톱만 한 꽃봉오리들이 한 아름 터지는 기적이 연출되었다. 순해 보이는 온갖 꽃들이 바람의 지휘를 받아 군무를 출 때마다 그 개도 몸을 흔들었다. 마당은 날마다 잔칫날 분위기였다. 희성도 마당에 들어서기만 하면 기분이 좋아졌다.

한파주의보가 발령되었던 작년 11월 중순이었다. 할머니는 아무런 암시도 없이 주무셨다가 그 깊은 잠에서 깨어나지 못했다. 할머니가 돌아가시자마자 백일홍은 어디론가 사라져버렸다.

희성은 길라한테 그런 이야기를 하였다. 희성 이야기를 들은 길라는 다시 덧니가 다 드러나도록 웃더니, 가끔씩 카톡을 하자고 말하면서 걸어갔다. 가까이서 보니까, 길라는 깡마르고 호리호리한 데다가 얼굴은 핏줄이 드러날 정도로 창백해서 보검을 얼어붙게 하는 깡다구를 가진 여자라고는 믿어지지 않았다. 어쨌거나 길라는 희성이 가장 부러워하는 학생이다. 무엇보다도 공부를 잘한다. 중간고사에서도 1등이라는 깃발을 길라가 차지했다. 게다가 정의감도 강하고, 깡다구도 있다. 그러니 희성한테 신 같은 존재라고나 할까.

희성은 집에 가자마자 자두나무 뒤로 향했다. 동굴은 그 납작한 돌멩이로 감쪽같이 가려져 있었다. 희성이 돌멩이를 밀어냈다. 애플이 나왔다.

"나 목말라. 물 좀 줘. 수돗물은 안 되고, 정수기 물!"

희성이 종이컵에다 물을 담아오자 애플은 앞발로 그걸 들고 점점 작아지면서 굴속으로 사라졌다. 어떻게 그럴 수 있는지 눈으로 빤히 보고도 이해가 되지 않았다.

그때 길라가 떠올랐다. 왜 핏줄이 드러날 정도로 창백한 길라의 얼굴이 떠올랐는지 모르겠다. 희성은 휴대폰을 만지작거리다가 고개를 흔들면서 휘파람을 불었다. 개가 말을 하고, 개가 물컵을 들고 두꺼비처럼 작아져서 굴속으로 들어갔다고 하면 길라는 뭐라고 할까? "그 말을 나한테 믿으라고? 너 정신이 어떻게 된 거 아냐!" 하고 웃어버릴지도 모른다.

비디오폰이 울렸다. 희성은 누굴까 하고 액정화면을 보다가 깜짝 놀랐다. 그 뚱뚱한 경찰이 보였다. 갑자기 턱이 굳어지려고 했다.

희성은 몇 번 심호흡을 하고 밖으로 나갔다.

그 뚱뚱한 경찰 뒤에는 두 마리의 수색견이 있었고, 키가 큰 여자 경찰도 보였다. 뚱뚱한 경찰이 희성한테 수배견을 본 적이 있냐고 물었다.

희성은 하마터면 "예!" 하고 대답할 뻔했다. 사실 마음속에서는 "어서 말해버려! 포상금도 5천만 원이라잖아!" 하고 누군가 소리치는 것 같았다. 아마도 두 마리의 비글이 불쑥 대문으로 들

신 호모데우스전

어오지 않았다면, 그렇게 들이닥친 수색견들이 애플이랑 똑같이 생기지 않았다면 다 말해버렸을지도 모른다. 순간적으로 희성은 '헉, 저건 애플이잖아?' 하고 당황하면서도 혼란스러웠다.

그 수색견을 따라 들어온 뚱뚱한 경찰이 부드럽게 말했다.

"이 근처에 사시는 분이 신고한 거야. 오늘 오전에 너희 집 울타리 근처에서 수배견으로 추정되는 개를 봤다고. 문제의 수배견은 지금 이 수색견들이랑 똑같이 생겼단다."

희성은 그제야 수색견들이 애플의 복제견임을 알 수 있었고, 굳이 자기가 말하지 않아도 이제 애플은 끝장이라고 생각한 희성은 입술을 깨물었다. 희성이 긴장하고 있다는 것을 알았는지 그 뚱뚱한 경찰이 살짝 웃어주었다.

"걱정마라. 만약 그 수배견이 이곳에 숨어 있다면 이 수색견들이 찾아낼 테니까."

수색견들은 이제야말로 자기들의 능력을 발휘할 때가 되었다는 듯이 자신감에 찬 목소리로 짖어대면서 애플의 냄새를 추적했다. 현관 앞, 테라스, 나무 식탁 근처를 뒤졌다.

이제 애플이 잡히는 것은 시간 문제였다. 희성은 자꾸만 끔찍한 장면이 떠올랐고, 저도 모르게 속으로 소리쳤다. 내 잘못 아냐! 난 아무 짓도 안 했어!

볼수록 애플이랑 똑같이 생긴 수색견 한 마리가 자두나무 밑에 있는 백일홍의 집으로 가서 한동안 냄새를 맡았다. 또 다른 개는 애플이 숨은 동굴 근처를 살폈다. 굴 입구를 가리고 있는 돌멩이 쪽으로 수색견의 뾰족한 코가 다가가고 있었다.

희성은 눈을 감아버렸다. 곧이어 끔찍한 비명소리가 울려 퍼질 줄 알았는데, 주위가 너무나도 고요했다. 슬그머니 눈을 떠보니 수색견은 굴을 가리고 있는 그 납작한 돌멩이 앞에서 한참 킁킁거리더니 '여기도 없는데요!' 하는 눈빛으로 뚱뚱한 경찰을 쳐다보았다.

뚱뚱한 경찰이 실망한 표정으로 한숨을 내뱉었다.

"이번에도 허위신고였군."

신 호모데우스전

# 드림 박스〔dream box〕

그날 밤 희성이 잠을 자려고 할 때 카톡이 왔다. 길라였다.

한길라: 너희 집 경찰이 들이닥쳤다며?

김희성: 어, 그래. 근데 말야, 그 개가 우리 집에 있는 건 사실이야.

한길라: 그게 무슨 말이야?

희성은 한동안 답장을 보낼 수가 없었다. 자신이 왜 그런 말을 해버렸는지도 알 수 없었고, 그런 비밀을 공유할 수 있을 만큼 길라하고 공감대가 있는지 새삼 자신에게 물어보았다. 그러면서 얼마나 당황했는지 모른다.

한길라: 뭐야! 헛것이라도 본 거야?

길라의 카톡이 계속 날아왔다. 희성은 자꾸만 등에서 까끌까끌한 보풀이 일어나는 것만 같아서 손으로 긁어대는데 이상하게도 손이 떨렸다.

김희성: 그 수배견이 우리 집에서 살아!
한길라: 헐! 대체 뭔 소린지!

희성은 맨 처음 애플을 꿈에서 만난 것부터 사과 목걸이를 선물로 받았고, 애플이 할머니가 데리고 온 백일홍이랑 같은 실험실에 있었던 실험견이라는 사실 등, 그동안에 있었던 모든 일들을 대충 알려주었다.

한길라: 있잖아, 소름 끼친다! 근데 수색견들이 왜 애플을 찾아내지 못했을까?
김희성: 아, 모르겠어. 암튼 이거 비밀인 거 알지?

어느 순간부터 길라한테 답장이 오지 않았다. 희성은 길라가 잠이 들었다고 생각하고는 침대에서 일어나 창가로 갔다.
동그란 달이 숲 우듬지 사이로 얼굴을 내밀고 있었다.

신 호모데우스전

희성은 그 달빛이 내려오는 마당으로 눈빛을 보내다가 깜짝 놀라고야 말았다. 애플이 나무식탁에 앉아 있었다.

희성은 밖으로 나가자마자 달빛 세수하듯이 얼굴을 문지르면서 일부러 크게 말했다.

"내가 너 신고한 거 아냐. 너도 알지?"

애플은 꼬리를 흔들었다.

"고마워. 경찰한테 사실대로 말하고, 나를 잡았다면 엄청난 포상금도 받을 수 있었을 텐데."

"솔직히 나도 몇 번 흔들렸어. 근데 너랑 똑같은 개들을 보는 순간, 이상하게도 입이 굳어버렸어."

희성은 솔직하게 말했다.

애플은 갑자기 한숨을 내뿜다가 뒷발로 목을 긁어댔다.

"나를 복제한 개들이 경찰의 수색견이라니? 참으로 놀랍고도 당황스러운 일이야! 아마 나랑 똑같은 개들이니까, 나를 더 잘 찾아낼 수 있을 것이라고 생각하고 수색견으로 투입한 모양이야. 그 수색견들 몸속에는 내 유전자가 똑같이 흐르고 있으니까 나랑 똑같은 셈인데…… 그걸 나라고 할 수도 없고 아니라고 할 수도 없고…… 근데 생각은 다르잖아?"

희성은 만약 자신의 유전자를 그대로 물려받은 복제인간이 태어난다면 어떨까, 그걸 나라고 할 수 있을까, 하는 생각을 잠깐 했다.

애플은 배가 고프다고 했다. 희성이 식빵이랑 물을 가져왔다.

애플이 그것을 다 먹고는 대문 밖으로 나가더니 놀랍게도 길라를 데리고 왔다. 순간 희성은 백 프로 꿈을 꾸고 있다고 확신했다. 이렇게 늦은 시간에 길라가 나타난다는 것은 불가능하기 때문이다. 그런데 길라는 희성을 보더니 "안녕!" 하고 손을 흔들었다.

애플은 자두나무 밑으로 가더니, 그 줄기에다 자기 등을 비비면서 뭐라고 중얼거렸다. 순간적으로 강한 바람이 불었고, 그 나무 뒤쪽 땅바닥에 있는 납작한 돌이 움직이더니 두꺼비가 들어갈 정도로 작은 구멍이 커지면서 지하로 내려가는 계단이 생겼다.

"대박!"

"와아!"

희성과 길라가 동시에 소리치자 애플이 어서 따라오라고 손짓했다.

희성은 애플과 길라를 번갈아보다가 그 땅속으로 이어진 계단을 슬그머니 밟았다. 아래쪽에서 따뜻하면서도 싱그러운 바람이 불어왔다. 희성은 또 한 발을 더 낮은 계단으로 내리면서 아래쪽을 보려고 했다. 아무것도 보이지 않았다. 그만큼 불안했고, 그만큼 한 걸음 한 걸음이 신중할 수밖에 없었다. 알 수 없는 심연 속으로 내려가는 기분이랄까. 그렇게 50걸음 정도 내려갔을까. 바닥이 발에 닿았다. 막상 바닥이 닿자 더 불안해지면서 희성은 저도 모르게 계단을 뒤돌아보았다. 뒤따라온 길라도 눈을 크게 뜨고 뒤돌아보았다. 놀랍게도 계단이 꿈틀거리더니 순식간에 사라져버렸다. 그러자 점차 주위에 또렷하게 보였다. 수백 수천 개의 뿌리들이 눈에 들어왔다.

희성은 죽은 자두나무 밑에 이런 세상이 있다는 것이 그저 신비로울 따름이었다.

그들은 애플을 따라 미로 같은 나무뿌리 사이를 걸어갔다. 한참을 가다보니 작은 마당 같은 곳이 나왔다. 애플은 근처 뿌리를 보면서 적당히 앉으라고 했다. 희성은 U자 모양으로 굽어 있는 뿌리에 앉았고, 길라는 어른 키만큼 높은 곳으로 올라가서 걸터앉았다.

"희성이네 자두나무 밑에 있는 구멍은 누군가의 꿈속으로 들어가는 출입문이야. 그것을 김 박사는 '드림 박스'라고 하는데, 그 장치를 만들기란 아주 힘들어. 근데 희성이네 집에서 살았던 백일홍이 만들었다는 사실이 놀라워. 백일홍도 나처럼 드림 박스에서 누군가의 꿈속으로 이동하는 실험을 엄청나게 받은 개인데, 실제로는 한 번도 성공한 적이 없거든. 그래서 더욱 놀라워. 지금 너희들은 꿈을 꾸고 있기 때문에 이런 곳에 들어오는 것이 크게 놀랍지 않겠지만, 한낮에도 언제든지 이곳으로 들어올 수 있다고 생각하면 달라질걸!"

그 말을 들으면서 희성은 정말이냐고 묻듯이 애플을 쳐다보았다.

애플은 꿈이란 언제나 존재하는 세상이라고 했다. 인간은 무의식일 때 그러니까 잠이 들었을 때만 꿈속으로 갈 수 있지만, 깨어 있을 때도 그 문을 이용하면 언제든지 가능하다면서, 이곳은 3차원인 바깥세상하고는 시간의 흐름뿐만 아니라 모든 것이 다 다르다고 했다.

"그래서 오래 머물지 못해. 이곳에서는 바깥보다 에너지가 훨씬 많이 소모되거든. 난 일정한 간격으로 바깥세상에 나가 적당히 햇살을 받고, 음식을 섭취해야만 해."

길라는 가만히 듣고만 있었고, 희성은 가끔씩 질문을 던졌다. 애플은 "자, 들어봐." 하고는 말을 이어갔다. 아무리 애플이 설명해도 이해할 수 없는 것들이 있었다. 그때마다 애플은 긴 혀를 내밀고 웃으면서 "조금 시간이 지나면 저절로 이해가 될 거야." 하고 말하기도 했다.

"아 참, 오늘 길라를 꿈속으로 초대한 것은, 너랑 친한 것 같아서야. 너희 둘이 밤마다 카톡을 주고받는 것도 다 알아. 난 맘만 먹으면 너희들이 주고받는 카톡도 들여다볼 수 있어. 그 정도 초능력은 갖고 있다는 뜻이지."

희성은 별로 친하지 않다는 말을 하려고 했으나 길라가 아무런 반응이 없자 그냥 참았다.

신 호모데우스전

"너희 반 카페 토론방에도 들어가봤어."

"어, 그렇다면 내가 올린 글도 봤겠네! 맞아, 난 동물실험에 대해서 찬성하는 입장이야. 뭐 그렇다고 잘 아는 건 아니지만. 근데 길라는 달라."

희성은 그렇게 말해도 길라는 별다른 반응을 보이지 않았다. 길라는 이상하리만큼 자기 의견을 드러내지 않았다. 그럴수록 희성은 길라가 더 의식되었다.

애플은 태양빛을 받지 못해서 자꾸 등이 가렵다고 하면서 나무뿌리에다 가려운 부분을 문질렀다. 희성은 개들도 인간처럼 직립하면 앞발을 손으로 쓸 수 있을 것이고, 그러면 몸이 가려울 때도 쉽게 긁을 수가 있어서 훨씬 편할 것이라고 말했다. 애플은 히히히 웃었다. 꼭 개구쟁이 같았다.

"난 인간이 너무 불편해 보이는데! 개처럼 네 발로 걸으면 관절에 무리가 오지 않고 편하거든. 가려울 땐 발로 긁거나 나무에다 문지르면 되고. 이렇게 서로 보는 관점에 따라서 달라. 넌 인간이니까 그렇게 생각하겠지. 난 너희들에게 아주 어려운 부탁을 하려고 하는데, 너희들이 인간이기 때문에 망설여지는 것도 사실이야."

바닥으로 내려온 길라가 애플 앞으로 가면서 신중하게 물었다.

"대체 무슨 부탁인데 그래?"

애플은 뭔가 말을 할 듯 망설이다가 희성 옆에 앉았다.

"니들, YP Cell 센터에서 인간화 돼지가 탄생되었고, 그 인간화 돼지가 복제되고 있다는 거 알지? 겉모습은 돼지이지만 모든 유전자 체계가 인간이랑 똑같은 돼지 말야. 그래서 그 돼지의 장기를 이식받고 생명을 연장하는 사람이 있다는 것도 알지?"

길라가 고개를 크게 끄덕거리면서 "국가장기이식센터가 설립된 것도 그것 때문이잖아?" 하고 말했다.

애플이 다시 말을 이어갔다.

"어쨌든 인간화 돼지 복제로 스타가 된 윤성환 박사 말고도 김치수 박사라는 천재 과학자가 또 있어. 그는 후배인 윤 박사가 먼저 스타가 되자, 크게 자책하면서 거의 광적으로 연구에 매달리고 있지. 원래 김 박사는 우주에 대한 관심이 많았어. 세계 거의 모든 과학자들이 경쟁적으로 우주 연구에 매달리고 있고, 그래서 우주의 수많은 비밀이 밝혀지고 있는 것도 사실이야. 허나 우주는 무한대이고, 행성 간 이동을 하려면 그 거리가 너무 멀어서 쉽지 않아."

희성도 그 정도는 알고 있었다. 아무리 과학이 발달해도 인간이 만든 우주선이 빛의 속도로 움직인다는 것은 불가능하다. 그래서 수많은 과학자들이 블랙홀이니 웜홀이니 하는 우주의 특수한 현상을 연구하고 있다. 김 박사도 그런 연구를 하다가 꿈속을 이용하여 4차원이나 5차원 같은 곳으로 시공간을 이동한다면, 먼 은하계 속으로 순간 이동할 수 있는 방법이 있을 거라고 생각한 것이다.

"꿈속에서는 인간이 훨씬 자유롭다는 것을 알고 있었고, 그래서 그곳을 통해 우주로 이동할 수 있는 방법을 찾으려는 거였어. 꿈에서는 새처럼 하늘을 날아다니기도 하고, 물속을 자유롭게 잠수하면서 돌아다니기도 하잖아? 그럼 우주도 갈 수 있다는 뜻이지."

희성은 멍하니 있다가 불쑥 물었다.

"근데 그것은 뭐랄까, 정신이라고나 할까, 아니면 생각! 뭐 그런 상상력이 꿈으로 이동하는 것이고, 실제로 몸이 이동하는 것은 아니잖아?"

애플은 오른쪽 앞발로 자신의 목을 몇 번 긁고는 다시 입을 열었다.

"김 박사가 누군가의 꿈속으로 들어가는 출입문 역할을 하는 드림 박스를 완성한 날 세 마리의 비글을 그 안에다 놓고 꿈속으로 보냈는데, 놀랍게도 한 마리가 살아서 돌아온 거야. 그날 김 박사는 세계가 깜짝 놀랄 만한 연구를 해냈다고 흥분했는데, 그 개는 곧 죽어버렸고, 실험은 계속 실패했지. 수백 마리의 개와 침팬지들이 죽어갔어."

원래 실험을 하려면 '동물실험윤리위원회'라는 것을 소집해서 그 동물실험의 타당성 같은 것을 검증받아야 하건만, 이것은 비밀리에 이루어진 불법실험이라 그런 형식적인 절차 따위는 아예 무시했다.

결국 실험을 포기하려고 하던 차였는데, 어느 날 비글 한 마리가 살아서 돌아왔다. 놀랍게도 그 비글은 아주 어린 강아지가 되어 있었다. 안타깝게도 그 강아지는 곧 죽었지만, 김 박사는 그때부터 꿈속을 잘 연구하면 인간의 오랜 소망이었던 영원히 늙지 않는 비밀을 풀어낼 수 있다고 생각했다. 그 말을 들은 YP 회장이 크게 놀라면서 탄식했고, 그때부터 김 박사는 YP 그룹의 파격적인 지원을 받으면서 그 연구에 매달리게 되었다.

인간은 오래전부터 영원한 생명을 꿈꾸었고, 죽지 않게 하는 약, 젊어지게 하는 약을 발견하려고 무진장 애를 써왔다. 지금도 수많은 과학자들이 그런 연구를 하고 있다. 그거야말로 가장 돈이 되는 분야다. '노화 방지약', '노화 예방약' 뭐 그런 타이틀이 붙은 약이 판매된다면 그건 '로또'나 다름없다. 지금 치매 예방약보다 더 인기를 끌 게 분명하다.

그렇게 세상의 관심이 집중되자 김 박사도 수많은 인재들을 끌어들여 연구에 몰두했다. 그러나 좀처럼 성과가 나지 않았다. 그런데도 김 박사는 더욱 연구 성과를 과장해서 부풀리거나 거짓말을 하였고, 기자들은 그걸 기다렸다는 듯이 받아 적어서 경쟁적으로 보도하였다.

"꿈속으로 들어갔다가 돌아와서 지금까지 살아 있는 개는 내가 유일해. 몇몇 개들이 나처럼 무사히 꿈속에서 돌아오기는 했으나 다들 이러저러한 이유로 죽거나 사라졌어. 김 박사는 나랑 똑같은 복제 개들을 지금도 계속 탄생시키고 있는데, 그 여자 경찰이 끌고 온 수색견도 나를 복제한 비글이라는 말은 이미 했지? 슬프게도 그런 내 분신들을 실험견으로 이용하고 있어. 왜 그런지 모르겠지만 복제견은 그냥 꿈속으로 보내면 돌아올 확률이 높은데, 김 박사가 개발한 젊어지게 하는 약물을 투여하고 꿈속으로 보내지면 돌아올 확률이 거의 없어. 아직까지 살아서 돌아온 복제견이 없다는 뜻이야. 만약 살아서 돌아온 복제견이 생긴다면, 그 동물을 또 복제할 것이고, 그렇게만 된다면 뭔가 가능성이 열린다고 생각했는데. 김 박사는 거대한 드림 박스를 세 개나 더 설치하고, 돼지를 비롯하여 염소, 당나귀 같은 동물들까지 무차별적으로 그 약물을 투여하여 꿈속으로 보내고 있지만 성과는 없었지. 그러던 어느 날 사고가 난 거야."

YP Cell 센터 연구소에서 거대한 폭발사고가 나던 그날이었다.

처음 불길이 솟았던 곳은 드림 박스가 설치되어 있던 Cell 센터 제1동 건물이었다. 그날따라 1번 드림 박스에서 자주 고장 신호가 발생했고, 결국 폭발하였다. 초기 진압에 실패하자 불길은 점점 커졌고, 나머지 드림 박스가 연달아 폭발했다. 그 폭발음이 건물을 흔들었다.

애플도 정신을 잃었다가 눈을 떴다. 애플은 달아나려다가 쓰러져 있는 수의사인 신 에일리 박사를 발견했다. 신 에일리 박사는 애플을 유독 챙겨주었다. 애플이라는 이름을 지어준 것도, 애플이 꿈속으로 이동했다가 돌아온 날 사과 모양으로 된 아주 작은 목걸이를 선물한 것도 모두 신 에일리 박사였다. 애플은 신 에일리 박사한테 가서 애타게 불러댔다. 얼굴을 핥기도 하고, 바지를 물고 끌고 가려고 하기도 했다. 그러다가 소방대원이 다가오는 것을 보았다. 소방대원이 신 박사를 업고 나가는데, 뭔가 떨어졌다. 몽당연필처럼 생긴 물건이었다. 애플은 그것을 들고 빠져나왔다. 그러고 나서야 그것을 유심히 들여다보았다. 애플은 나중에서야 신 박사가 의식을 회복하지 못했다는 소식을 들었다.

"어, 그렇다면 그 디스켓 때문에 경찰들이 너를 잡으려고 하는 거야?"

그때까지 담담하게 듣고만 있던 길라가 물었다.

애플이 크게 고개를 끄덕였다. 그리고는 왼쪽 귀 안에서 몽당연필처럼 생긴 이동식 디스켓을 끄집어내서 보여주었다.

"그래 맞아, 이것 때문이야! 수의사였던 신 에일리 박사가 이 속에 든 내용을 세상에다 폭로하려고 했던 것 같아. 그런 글이

일기 형식으로 짧게 기록되어 있거든. 문제는 김 박사가 그 디
스켓을 내가 갖고 있다는 사실을 알아냈다는 거야."

# 동물실험 반대론자였던 홍수희 박사

다음 날 희성은 수업이 끝나자마자 학교 앞 편의점으로 갔다. 비가 내리고 있었다. 까만 우산 사이로 지민이 보였다. 녀석은 초콜릿이랑 아이스크림을 길라한테 주고는 뭐라고 재잘거렸다. 그 눈빛만으로도 길라를 얼마나 좋아하고 있는지 알 수 있었다. 지적장애가 있다고 하나, 그는 표현 능력이 조금 아쉬울 뿐 생활하는 데 특별한 문제가 없어 보였다. 특히 그는 수학의 언어를 잘 이해했다. 수학 포기자나 다름없는 희성은 은근히 그가 부러웠다. 그의 장애를 떠안는 조건으로, 그의 뇌를 자신의 뇌랑 트레이드하자는 제안이 들어온다면 망설임 없이 허락할 것이다.

지민은 다정하게 손을 흔들면서 길 건너편으로 뛰어갔다. 신도시 아파트 숲으로 사라지는 지민이 꼭 다른 세상으로 이동하는 것만 같았다.

길라도 그가 사라질 때까지 웃으며 손을 흔들어주었다. 누군가를 좋아한다는 것은, 특히 이성을 좋아한다는 것은 어떤 감정일까. 이성을 좋아해본 경험이 없는 희성은 도무지 그런 감정의 맛을 조금도 예측할 수 없었다.

희성은 그런 생각을 하다가 길라하고 마주쳤고, 그래서 괜히 우산만 뱅글뱅글 돌렸다.

길라는 반갑게 웃음을 짓고는 어젯밤 꿈 이야기를 하였다. 애플이 언급한 모든 사람들을 다시 검색해서 보았다면서, 특히 유기동물협의회 회장에 대해서는 실망이 크다고 했다.

어젯밤에 애플이 가장 먼저 언급한 사람은 유기동물협의회 대표였다.

"난 너희들을 만나기 전에, 이미 여러 사람들한테 연락해서 불법동물실험에 대한 폭로를 하려고 하는데 도와달라고 했어. 유기동물협의회 대표에게 가장 먼저 연락을 했지."

유기동물협의회 대표는 뉴스에도 자주 나오고, 텔레비전 오락 프로그램에도 가끔씩 나오는 유명인사다. 애플은 자신이 갖고 있는 디스켓에 어떤 내용이 담겨 있는지 솔직하게 털어놓고 도와달라고 했다. 대표는 다음 날 만나자고 했다. 애플은 약속 장소로 가서 슬쩍 디스켓만 놓고 올 생각이었는데, 그 근처를

둘러보니까 수십 명의 사복경찰들이 깔려 있었다. 차 안에 숨어 있는 김 박사도 보였다.

애플은 한없이 실망하면서 얼마 전에 '동물도 생명이니까 물건처럼 함부로 사고팔 수 없다'는 동물보호권 법률을 제정한 국회의원한테 연락을 했다. 국회의원은 김치수 박사하고 관련된 문제라는 말을 듣자마자, 그분이 절대 그럴 리가 없다면서 오히려 제보자의 불순한 의도가 의심된다고 하였다. 애플은 그런 식으로 언론사 기자나 PD들을 비롯하여 여러 사람들에게 연락했지만 결과가 좋지 않았다.

"대부분은 제보자인 나를 의심했고, 또 일부는 김 박사한테 연락을 해서 나를 잡으려고 하더군. 이미 김 박사가 어지간한 언론사들에게 다 작업을 해둔 상태였다고나 할까. 난 그 사람들한테 연락을 한 다음, 그들이 도와주겠다고 하면 디스켓을 몰래 전달해줄 생각이었어. 그 방법밖에 없잖아? 생각해 봐. 개가 디스켓을 들고 나타나면 누가 믿겠니? 그렇다고 무턱대고 디스켓을 넘겨줄 수도 없지. 그걸 받아든 상대가 김 박사한테 매수되거나 다른 생각을 가질 수도 있을 테니까. 그러니까 확실한 사람을 선택해야만 하는 거야. 난 궁리 끝에 너희들을 생각했어. 너희들이 나를 대신해서 확실한 사람을 찾아가면 뭔가 방법이 있지 않을까? 너희들이 찾아가서 '애플'이라는 제보자가 이러저러한 YP 불법동물실험에 대한 디스켓을 갖고 있으니

도와달라고⋯⋯."

간절한 눈빛을 보내는 애플은 왠지 힘이 없는 목소리였다.

희성은 그런 애플의 순한 눈을 쳐다보았다. 순하다는 것은 살아가는 데 도움이 되지만 그것 때문에 힘들어지기도 한다. 사람이나 개들이나 다 마찬가지다. 희성이 어른들에게 가장 많이 들었던 말이, 넌 너무 순하고 착해서 탈이야, 하는 말이다. 희성은 아직까지 누군가랑 싸워본 적이 없다. 아무리 불합리한 일을 당해도, 어처구니없는 일로 상대가 시비를 걸어도, 심지어 자기를 절도 용의자로 몰아세워도 희성은 대항하지 않았다. 나도 화가 나면 무섭다는 것을 보여줘야만 상대가 만만하게 대하지 못한다는 것쯤은, 희성도 잘 알고 있다. 그러나 막상 누군가와 싸우려고 하면 심장이 떨려서 상대를 노려볼 수가 없었다.

애플의 말을 들으면서 희성은 꼭 실험실 안의 비글이 된 기분이었다.

"있잖아, 애플! 그 속에 든 내용을 그냥 유튜브 같은 곳에 올려버리면 안 될까?"

길라가 진지한 표정으로 말했다. 애플은 입을 크게 벌려서 약간 바보같이 웃었다.

"헤헤헤, 그럴 수 있다면 얼마나 좋겠어. 내가 갖고 있는 디스켓 안에는 온갖 불법동물실험에 대한 것들이 들어 있는 건 확실해. 신 에일리 박사가 이 디스켓을 어디서 가져왔는지 그건 모르겠지만, 그 안에는 일기 같은 글이 몇 편 있어. 그것만 읽을 수 있고, 다른 파일은 잠금장치가 되어 있어서 볼 수가 없어. 그래서 누군가 이 문제에 대해서 책임지고 처리해줄 만한 사람을 찾으려고 하는 거지."

　오늘도 희성은 꿈 유치원 앞을 그냥 지나치지 못하고 길가로 뻗어 나온 단풍나무 쪽으로 눈길을 돌린다. 빗방울이 떨어지자 나뭇잎들이 마치 물고기처럼 파닥거린다. 희성은 그 나무 밑에서 우산을 뱅글뱅글 돌리다가 유치원 3층 건물을 올려다본다. 아이들 노래는 들리지 않았다. 앞서가던 길라가 거기서 뭐하냐며 뒤돌아보자 희성은 그쪽으로 빠르게 걸어갔다.
　"근데 말이야, 애플이 말한 홍수희 박사를 어떻게 만나지?"
　어젯밤 꿈에서 애플은 홍수희 박사야말로 자신을 도와줄 수 있는 사람이라고 하면서, 그분을 대신 만나달라고 했다. 길라가 학교 수업이 끝난 다음에 찾아가겠다고 하자, 애플은 이번에는 현실이 아니라 꿈속으로 들어가서 그분하고 만나야 한다고 했다. 그래야 안전하다고 덧붙였다. 영악한 김치수 박사가 홍수희 박사네 집 근처에다 경찰을 배치해두었을 것이라고 하면서.
　희성은 그 생각이 나서 비교적 크게 물었다.
　길라는 걱정하지 말라는 식으로 웃었다.

"홍 박사님은 동물실험 무용론에 대한 책도 냈어. 난 그분 책을 보고 인간이 실험용 동물을 '움직이는 물건' 혹은 '도구' 혹은 '노예'처럼 대한다는 것을 알게 되었어. 실험동물을 일부러 암에 걸리게 하고, 질식사시키고, 눈을 멀게 하고, 다리를 부러트리기도 하고, 귀를 멀게도 하고, 화상을 입히기도 하고, 방사선에 노출시키기도 하고, 굶겨서 죽이기도 하고, 냉동실에다 넣고 죽이기도 하고, 바닥을 점점 뜨겁게 하여 미치도록 뛰다가 죽게 하는 등, 진짜 상상도 할 수 없는 실험을 하고 있어. 난 개인적으로 그분을 꼭 만나뵙고 싶었어. 그분이 강의하는 대학교로 가면 만날 수 있을 거야."

길라는 약간 들떠 있는 눈빛을 감추지 않았다.

희성이네 2층 집이 보이자 그들의 발걸음은 더 빨라졌다.


희성이 집 안으로 들어가서 식빵이랑 물을 준비해서 나오자, 빗방울이 한층 가늘어져 있었다. 길라는 희성의 집 마당 이곳저곳을 돌아다니다가 자두나무 쪽으로 걸어왔다.

"내일 낮에 내 꿈속으로 들어올 때는, 둘이 자두나무를 끌어안으면 돼. 그러면 쥐굴처럼 작은 드림 박스가 자연스럽게 너희들을 꿈속으로 안내할 거야. 내가 그렇게 장치를 해놨어."

희성은 애플의 말을 떠올리면서 자두나무 밑으로 갔다. 나무 뒤쪽 땅바닥에는 납작한 돌이 보였다. 희성은 그 돌을 보면서 자두나무를 안으려다가 멈칫하고는 길라를 보았다.

"길라야, 우리가 대낮에 누군가의 꿈속으로 들어간다는 것도 믿어지지 않지만, 막상 그런 일이 일어난다고 해도 불안할 것 같아. 김 박사한테 실험당했던 수많은 동물처럼 우리도 그 속에서 나오지 못하고…… 그럴 수도 있잖아?"

길라는 그 말을 듣고 한동안 생각에 잠겼다가 입을 열었다.

"나도 그런 생각 했는데, 어차피 이건 애플을 믿지 않으면 불가능한 일인 것 같아."

희성은 길라의 말을 들으면서 어젯밤에 꿈에서 애플이 했던 말을 떠올렸다.

"이곳은 김 박사 팀이 만든 드림 박스보다 훨씬 완벽해. 꿈속으로 이동하는 동물들은 대부분이 현실에서 꿈속으로 이동할 때, 그 경계에 있는 엄청난 압력 때문에 문제가 생기거든. 흔히 꿈을 꿀 때는 정신만 이동하니까 그런 걸 못 느끼지만 실제로 몸이 이동하게 되면 엄청난 고통을 느끼게 돼. 몸이 녹아버리기도 하고, 작아지기도 하고, 알 수 없는 형체로 변하기도 하고. 근데 여기에서는 아무런 문제가 없어. 실제로 내가 몇몇 개들을 데리고 실험을 해봤는데 아무런 문제가 없었어. 이미 이곳을 들락거린 인간도 있는데 별 문제가 없었어."

희성은 그런 생각을 하면서 눈을 감고 있다가 길라의 말소리를 듣고 눈을 떴다. 길라가 먼저 자두나무를 끌어안았다. 희성도 끌어안았다. 그러자 순간적으로 돌풍처럼 강한 바람이 일어났고, 그 납작한 돌멩이가 움직이면서 작은 구멍이 드러났다. 삽시간에 그 구멍이 커지면서 내려가는 계단 하나가 보였다.

먼저 길라가 앞장섰다. 첫 번째 계단에다 발을 딛자 그제야 두 번째 계단이 보였다. 희성은 조심스럽게 두 번째 계단을 밟았고, 그 어떤 압력도 느껴지지 않았다. 그래도 조심조심 내려갔다. 바닥에 닿자 계단은 모래알처럼 분해되면서 사라져버렸다.

애플이 긴 혀를 내밀고 그들 앞으로 다가왔다.

"어서 와. 나를 믿어줘서 고마워. 어때, 뭔가 불편하지 않았지? 가령 무슨 압력을 느꼈다던가, 어디론가 몸이 빨려드는 것 같다거나?"

희성이 고개를 끄덕이자 애플은 당연하다고 하고는 배가 고프다고 하였다.

희성은 애플한테 빵을 주면서도 계속 불안했다.

희성은 주위를 두리번거리다가 땅바닥에 새겨진 글자를 발견했다. 누군가 썼다가 지운 모양인데, 긴 문장이 아니라 '엄마', '우리'로 추정되는 단어들이 군데군데 남아 있었다. 희성은 아이들이 하고 노는 글자놀이를 상상했다. 그렇다면 이곳에 아이들이 들어왔다는 뜻인가. 길라가 애플한테 다가가서 진지하게 말하지 않았다면, 희성이 그것에 대해서 물어봤을 것이다.

"애플! 근데 말이야, 넌 홍수희 박사를 잘 알고 있는 것 같은

데, 왜 진작 그분을 찾아가지 않은 거야? 내가 보기에도 그분이야말로 가장 확실하게 널 도와줄 수 있는 분인데."

애플은 한숨을 쉬었다.

"나도 그렇게 생각하지만, 한편으로는 부담스러울 수도 있겠다는 생각이 들었어. 그분은 김 박사 밑에서 일을 했어. 실험실 드림 박스 안에서 수많은 동물이 꿈속으로 이동도 하지 못하고 죽어가거나 혹은 간신히 살아온 동물들이 죽어가면, 그것을 해부하는 일이 홍 박사의 주된 업무였어. 홍 박사는 내 몸에서 피를 뽑아낼 때도 무척 괴로워했고, 결국 그런 양심의 가책을 이기지 못하고 회사를 나간 거야."

애플은 거기까지만 말을 하고는 일어나서 좁은 나무뿌리 사이로 그들을 안내했다. 또 다른 동굴이 나왔다. 그 굴을 따라 한참을 나무뿌리 밑으로 지나가자 밖으로 나가는 계단이 보였다. 희성이 만져보니까, 그 계단은 돌처럼 딱딱했다. 애플은 살아 있는 돌멩이라고 표현했다. 다른 세상의 경계를 지나갈 때는 반드시 그 계단을 이용해야만 하는데, 작은 원자처럼 흩어져 있던 돌가루들이 순식간에 모여들어 시공간을 넘어가는 사람들의 발판이 된다는 것이다.

"어쨌든 우리가 다른 사람의 꿈속으로 들어갈 수 있다니, 믿어지지 않아. 게다가 지금은 대낮이고, 그 사람도 무의식의 상태가 아니잖아? 근데 어떻게 가능할까?"

희성의 말에 애플은 접속하려고 하는 상대방은 지금 무의식의 상태가 아니기 때문에 시간을 앞질러서 그 사람의 미래, 즉 오늘 밤 꿈속으로 미리 들어가는 것이라고 했다. 물론 그 사람은 오늘 밤에 이런 꿈을 꾸겠지만 깨어나고 나면 거의 기억하지 못할 것이라면서.

그런 말을 들으면서 멍하니 있던 희성은 뒤쪽에서 흙가루가 떨어지는 소리를 들었다. 슬쩍 고개를 돌렸더니 나무뿌리가 흔들렸다. 희성은 잘못 본 게 아닌가 하고 고개를 갸우뚱했다.

그들은 홍수희 박사의 꿈속으로 들어갔다. 홍 박사의 꿈속은 대낮이었고, 어느 대학교의 작은 벗나무 숲이었다. 애플이 이곳에서 기다리겠다고 하고는 희성이랑 길라한테 다녀오라고 했다.

"아참, 내가 홍 박사한테 길라 이름으로 문자 메시지를 보냈는데, 이 대학의 상징물인 코끼리상 앞에서 보자는 답장이 왔으니까 그쪽으로 가면 돼."

희성은 애플한테 대단하다고 말을 하고는 소리 나는 쪽을 바라다보았다. 몇몇 대학생이 이쪽으로 걸어오고 있었다. 애플은 작은 두꺼비로 변해서 나무 뒤로 사라졌다.

그들은 대학 본부 건물 앞에 있는 코끼리상을 찾자마자 주위를 두리번거렸다.

얼마쯤 있다가 코끼리상 뒤쪽에서 다부진 체격을 가진 남자가 뚜벅뚜벅 걸어왔다. 유도선수를 연상시킬 정도였다. 길라는 대뜸 그분이 홍 박사라는 것을 알고 인사했다.

홍 박사는 까만테 안경을 밀어 올리며 그들에게 악수를 청했다. 순간 희성은 그분이 자신을 어른과 동등하게 대우해주고 있다는 느낌을 받아서 기분이 좋았다.

길라가 애플이 보내서 왔다고 하자, 홍 박사는 헛기침을 몇 번 하고는 코끼리상 뒤에 있는 나무 의자를 손가락질했다.

"자, 저기 앉아요."

길라는 의자에 앉자마자 홍수희 박사가 쓴 책을 재미있게 봤다고 하면서, 앞으로도 그런 글을 많이 써달라고 재잘재잘 말했다.

홍 박사는 쑥스럽다는 듯이 희미하게 웃으면서 먼 허공으로 눈빛을 보냈다.

"부끄럽네요! 이제는 그런 글 보지 마세요. 학생이 어떻게 생각할지 모르겠지만, 사람이란 끊임없이 생각이나 가치관이 바뀌지요. 나도 한때는 동물실험을 반대하는 입장이었으나 지금은 생각이 많이 달라졌어요."

길라는 멍하니 입을 벌리고 홍 박사를 보고 있었고, 희성은 지금 이분이 애플이 말한 그 사람인지 자꾸만 확인하고 싶었다. 당황해서 그런지 길라의 창백한 양볼이 발그스레하게 달아올랐다.

그때 희성이 나섰다.

"저…… 박사님! 저도 동물실험은 찬성하는 입장이라 충분히 이해할 수 있습니다. 근데 저희는 그 책 때문에 온 건 아니고요. 애플이라는 개가 YP 불법동물실험에 대한 자료를 갖고 있는데…… 애플이라는 개 아시죠? 예에, 그것에 대해서 도움을 받으려고 이렇게 찾아왔습니다."

홍 박사는 희성이 말을 마치고 나서도 개구리처럼 입을 꾹 다물고 있다가 이윽고 천천히 말했다. 그의 목소리가 약간 떨리고 있었다.

"아, 애플이 살아 있었군요! 안 그래도 며칠 전에 사고로 신에일리 박사가 죽었다는 소식을 듣고는 마음이 아팠지요. 그래도 신 박사하고는 마음이 잘 통하는 사이였거든요. 그러면서 애플이라는 개도 생각했지요. 그날 사고로 거의 대부분의 실험실 동물들이 죽었다고 들었거든요. 이제 알겠네요. 왜 우리 집 주위에 수상한 사람들이 깔려 있는지. 다 이것 때문이군요. 여기도 안심할 수 없어요. 늘 누군가 날 미행하거든요. 참, 이건 꿈속이군요? 애플한테 가서 전하세요. 도움이 되지 못해서 진심으로 미안하다고요."

홍 박사는 일어나더니 조심해서 돌아가라는 말을 하고 돌아섰다.

희성은 홍 박사를 만나고 돌아오면서 애플에 대한 걱정이 컸다. 애플 입장에서 보면 가장 믿었던 홍 박사한테 배신을 당한 것이나 마찬가지이니까. 그런데 두꺼비로 변해서 기다리고 있던 애플은 잔뜩 굳어 있던 길라를 보더니 오히려 달래주었다.

"괜찮아, 괜찮아. 누구나 생각은 달라질 수 있는 거니까. 그러니 너무 맘 아파하지 마."

애플은 그렇게 말했으나 눈빛이 깊은 실망과 체념으로 일그러지고 있었다. 그래서 희성은 더욱 마음이 아팠다.

사실 희성도 맥이 빠졌다. 그래도 냉정하게 판단해보면, 이 일은 희성하고는 관련이 없다. 지금이야 마음이 아파도 조금만 지나면 잊을 수 있다. 하지만 애플은 전혀 다르다. 애플한테는 자기 생이 달려 있는 일이고, 지금도 실험실에서 고통스럽게 죽어가고 있을 수많은 실험동물의 운명이 달려 있다. 아무리 희성이 애플을 이해하려고 해도, 직접 그런 당사자가 되기 전에는 이해하는 데 한계가 있을 것이다. 그래도 희성은 애플을 위로해주고 싶었다.

"애플, 무슨 방법이 또 있겠지. 더 좋은 방법을 찾아보자."

애플은 슬쩍 웃을 뿐 아무런 말을 하지 않았고, 길라도 꾹 다문 입술을 손으로 만지작거릴 뿐이었다. 한참 뒤에서야 애플은 간신히 귀에 들릴 정도로 낮게 말했다.

"내가 홍 박사님한테 기대를 걸었던 것은 그분의 성향을 알기 때문이기도 하고, 최근에 발생한 YP 화재 사고로 숨진 신 에일리 박사랑 가장 친한 분이기도 해서야. 사고가 나자 홍 박사는 자신의 트위터에다 신 에일리 박사를 애도하는 글을 길게 올리기도 했으니까!"

희성의 귀에는 자신의 숨소리만 들렸는데, 그만큼 주위가 조용하다는 뜻이었다. 길라가 무슨 말을 했으면 했건만, 그녀는 팔짱을 낀 채 계속 자기 어깨만 주무르고 있었다.

희성은 조금 혼란스러웠다. 가능하다면 애플을 도와주고 싶기는 한데, 인간이라는 입장에서 본다면 동물실험은 어쩔 수 없다는 생각이 자꾸만 들기 때문이다.

애플은 나무뿌리가 가득 찬 곳으로 돌아와서 한동안 말없이 걸어가더니, 쉬었다 가자고 걸음을 멈추고는 희성을 빤히 쳐다보았다.

"이제 와서 생각해보니, 내가 너무 이기적이었어. 좀 더 솔직했어야 하는데 말이야. 특히 희성이, 너한테."

"애플, 그게 무슨 말이야?"

"희성아, 미안해. 처음부터 솔직하게 말했어야 하는데, 망설이다가 말할 때를 놓쳐버렸어. 그건 사실이야. 그냥 누군가 나를 너희 집으로 부르는 것 같았고, 그래서 와보니, 내가 실험실에 있을 때 가장 좋아했던 백일홍네 집이었다는 것."

그것은 이미 애플이 했던 말이라 희성은 그만 싱긋 웃고야 말았다. 애플이 희성의 손을 핥아주었다. 그 따뜻함이 온몸으로 퍼져나갔다.

"작년 10월에 '우주'라는 비글이 꿈속을 다녀오고 나서 급격하게 늙어갔어. 그러자 김 박사는 그 원인을 찾아내려고, 노화 예방 분야에서 이미 주목할 만한 성과를 내고 있는 S대 병원 측이랑 공동연구를 하려고 한 거야. 그래서 시설이 더 좋은 S대 실험실로 이동을 하다가 접촉사고가 났어. 그때 우주는 탈출했고, 김 박사는 크게 당황하면서 우주를 찾으려고 했지만 실패했어. 김 박사는 우주가 너무 늙었기 때문에 곧 죽을 것이라고 판단하고는 수색작업도 이틀 만에 중단했어. 우주는 이곳저곳을 떠돌다가 YP 건물이 있는 근처로 돌아왔고, 나처럼 숲을 떠돌다가 니네 할머니를 만난 거야. 할머니는 우주를 너희 집으로 데려가려고 했으나, 우주가 거부했어. 대신 할머니는 자주 숲에 가서 우주를 만나고 먹을 것도 주었지. 물론 그때마다 백일홍도 동행했어. 우주는 백일홍이 드림 박스를 그 자두나무 밑에다 만들어놓았다는 것을 알고 있었고, 그래서 할머니한테 YP 불법동물실험을 폭로하고 싶다고 하면서 도와달라고 한 거야. 할머니는 흔쾌히 허락하셨고, 그 자료를 빼내기 위해 꿈속으로 들어갔지."

"뭐야, 할머니가 그런 일을 했다고?"

희성이 믿을 수 없다는 표정을 지으면서 물었고, 애플이 대

신 호모데우스전

답할 새도 없이 길라가 다시 물었다.

"혹시 그렇다면? 아까 네가 이미 이곳을 들락거린 인간이 있다고 했는데, 그분이 바로 희성 할머니라는 말이야?"

"그래, 할머니는 수시로 드림 박스를 이용하여 YP Cell 센터에 가서 내부를 익혔어. 그리고 몰래 연구원들의 컴퓨터에서 관련 자료를 빼내려고 했어. 그러자 갑자기 경보음이 울리면서 연구실이 차단된 거야. 김 박사가 그런 경우를 대비해서 그런 장치를 해둔 거였어. 할머니는 몸 전체가 들어와 있는 상태라서 그곳에서 오래 있으면 체력이 떨어지고 위험해져. 할머니는 꿈속 시간으로 5시간 넘게 붙잡혀 있었고, 천천히 몸이 지워지기 시작한 거야. 결국 할머니는 현실로 돌아오지 못했고, 그래서 돌아가신 거지."

"그게, 그게, 진짜 사실이야?"

희성은 애플이 닿을 정도로 머리를 앞으로 내밀면서 말했다.

애플은 조용히 고개를 끄덕였다.

"진짜 미안해. 사과할게. 벌써 말했어야 하는데…… 네가 날 어떻게 해도 좋아. 침을 뱉어도 좋고, 다시는 날 보지 않는다고 해도 좋고."

"있잖아, 그것은 애플 네가 한 게 아니잖아?"

길라가 불안하게 희성을 보고 있다가 끼어들었다.

애플은 다시 고개를 끄덕였다.

"우주는 내 친구니까, 내가 한 것이나 마찬가지야. 우주는 너무 늙은 개라서 할머니랑 같이 꿈속으로 들어갈 수 없었어. 결국 우주는 죄책감에 스스로 목숨을 던졌어. 차가 질주하는 도로 한복판으로 뛰어든 거야."

"그럼 백일홍은?"

희성이 아니라 길라가 한 말이었다.

"나도 몰라. 내가 몇 번 백일홍의 꿈속으로 접속하려고 했는데 불가능했지. 그렇다는 것은 이미 다른 세상으로 이동했다는 뜻이야. 죽은 거지."

희성은 맥이 빠지면서 이상하게도 화가 나려고 했다. 물론 애플 때문에 할머니가 돌아가신 게 아니라는 것은 잘 안다. 그래도 희성은 애플이 보기 싫었다. 만약 그때 길라가 무슨 말로 달래려고 했다면 "야, 시끄러워!" 하고 소리쳤을지도 모른다. 고맙게도 길라는 아무런 말도 하지 않았다.

# 애플을 친구로 생각하고 있었다니!

집으로 돌아온 희성은 거실 벽에 걸려 있는 가족사진 속에서 환하게 웃고 있는 할머니를 보자 마음이 편안하지 않았다. 할머니는 억울하지 않았을까. 만약 희성이 그런 상황이었다면 우주랑 백일홍 같은 개들을 원망했을 것이다.

그날 밤 애플이 희성의 꿈속으로 들어왔다. 애플은 희성의 방으로 들어와서 침대 아래 쪼그려 앉았다. 희성은 왜 다시 왔냐고 묻고 싶은 걸 꾹 참았다.

애플은 홍 박사에 대한 뒷이야기를 들려주려고 왔다면서 자기만이 알고 있는 어딘가를 쳐다보듯이 허공을 응시했다.

"홍 박사는 홀어머니 밑에서 성장했어."

동생이 셋이나 달렸으니, 어머니 혼자 식당 일 하면서 키우

기가 얼마나 어려웠을지 희성도 짐작할 수 있었다. 다행히 홍 박사 스승이 그런 사정을 잘 알고는 작년에 지인의 딸을 소개 했고, 두 사람은 올 초에 신혼살림을 차렸다.

"아내는 홍 박사보다 열 살 연상이야. 집안도 아주 부자라서, 결혼하자마자 어머니와 세 동생들한테 아파트 한 채씩 사주었고, 동생들한테도 안정적인 일자리를 마련해준 거야. 그뿐이 아니야. 홍 박사가 K대학 교수가 되었어. 그 스승이 힘을 써준 것이지. 대신 더 이상 동물실험 반대 운운하는 글은 쓰지 말라고 했어. 그렇게 된 거였어. 그러니 나를 도울 수가 없는 거지. 만약 나를 도우려면 그 모든 기득권을 다 내려놔야만 하잖아?"

애플은 거기까지 말을 한 다음 일어나더니 밖으로 나갔다. 그 뒷모습이 유독 쓸쓸해 보였다. 희성은 끝내 한 마디도 하지 않았다.

다음 날 오후였다. 학교에서 돌아온 희성은 간식을 먹다가 비디오폰이 울리는 소리를 들었다. 모니터에 보겸이 나타났다. 희성은 한참을 망설이다가 밖으로 나가서 대문을 열어주었다. 보겸은 다 먹은 아이스크림 봉지를 희성 얼굴에다 홱 던졌다.

"야, 유령 새끼야! 친구가 왔으면 빨리 문 열어야지."

앞머리에 감춰진 그의 눈빛이 살짝 보였다가 사라졌다. 희성은 괜히 불안해지면서 호주머니 속으로 손을 넣었다. 돈을 요구한다면 주머니에 있는 것을 다 꺼내줄 작정이었다. 보겸은 엉뚱하게도 자두나무 밑으로 가서 여기저기 두리번거리더니 희성을 매섭게 쏘아보았다.

"어제 우연히 이 동네 왔다가 유령이랑 싸가지가 같이 가기에, 저것들이 사귀나 하고 호기심에 따라와봤는데, 분명 저 나무 밑으로 가더니 갑자기, 없어! 사라진 거야. 야, 어떻게 된 거야? 진짜 유령이라도 된 거냐?"

희성은 갑자기 사레 들린 것처럼 재채기를 해댔다. 뭐라 말해야 할지 판단이 서지 않았다. 보겸이 저렇게 냄새를 맡은 이상 절대 적당히 넘어가지는 않을 것이다.

희성은 애플을 떠올렸다. 할머니가 돌아가신 이유를 알게 된 희성은 은연중에 애플이 불편해졌다. 이제는 더 이상 아무렇지도 않은 것처럼 애플을 도울 수 없을 것 같았다. 그렇다면 다 말해버려도 상관없다. 문제는 보겸이 그런 말을 믿어줄까? 희성은 고개를 흔들었다.

그러다가 보겸이 길라를 좋아하는 거 아냐, 하는 의구심이 들었다. 그러지 않고서야 이렇게 관심을 가질 리가 없지 않은가.

"겜보이, 네가 무슨 말 하는지 그건 모르겠고, 나랑 길라는 아무런 관계가 아냐. 걘 내 취향도 아니고, 난 관심도 없어. 걔도 그래."

희성은 그게 핵심이라고 확신했다.

보겸은 심하게 얼굴을 찡그리더니 신경질적으로 말했다.

"씨바, 그 말을 왜 나한테 해? 한길라 그년은 재수 없어. 은근히 잘난 체하는 것도 그렇고. 걘 너무 꼬장꼬장해. 그건 그렇고, 진짜 뭐냐고? 어디로 증발 했냐고오! 나 농담 아냐! 너 말 안하면 가만 안 둘 거야!"

희성은 참으로 난감했다. 왜 이런 상황이 되었는지 몰라도 보겸에게 외통수로 걸려든 것만큼은 분명했다.


그때 길라가 나타났다. 하마터면 희성은 "한길라!" 하고 크게 소리치면서 그녀의 손을 잡을 뻔했다. 그만큼 길라가 고마웠다. 구세주 같았다.

길라는 보겸을 보고 잠깐 멈칫하더니, 네가 여기 어쩐 일이냐고 물었다. 보겸은 씩 웃었다. 그러고는 마당에 뒹구는 나무토막을 축구 슈팅하듯이 찼다.

"호호호, 이런 씨바. 여기서 유령 새끼랑 데이트하는 거야?

길라는 0.0001초도 머뭇거리지 않고 받아쳤다.

"그래, 어쩔래! 그게 씨바 너하고 무슨 상관이야?"

희성은 갑자기 허를 찔린 것처럼 휘청하는 보겸을 보았고, 아직도 귀에서 울리고 있는 '씨바'라는 말이 길라의 입에서 나왔다는 사실이 믿어지지 않았다. 도대체 그런 깡다구가 어디서 나오는지 모르겠다.

보겸은 몇 번 침을 뱉으면서 뒷걸음질 치다가 "어, 저기 저거 비글 아냐!" 하고 자두나무 쪽으로 달려갔다. 보겸의 손에는 마당을 쓸 때 쓰는 긴 빗자루가 들려 있었다.

"야, 유령! 니네는 개 키우지 않잖아?"

희성이 고개를 끄덕이면서 '설마 애플이?' 하고 속으로 중얼거렸다. 보겸이 자두나무 뒤쪽 울타리 가에 우거진 풀숲에다 나무토막을 던지자 뭔가 확 튀어나왔다. 애플이었다. 애플은 절룩거리면서 달아났다. 보겸이 쫓아갔다.

"어어, 저 개는 전단지에 있던 그 수배견이잖아! 잡아라!"

보겸이 쫓아갔다. 애플은 달아나다가 보겸이 휘두른 빗자루에 맞았는지 비명을 지르면서 떼굴떼굴 굴렀다.

그때였다. 돌연 길라가 빛의 속도로 달려가더니 보겸이랑 충돌하였다.

보겸이 얼굴을 찌푸리면서 일어났을 때는 애플이 대문 밖으로 사라진 뒤였다.

"야, 싸가지 년아! 네가 무슨 자살특공대냐? 씨바, 이 개……."

분노한 보겸이 입에서 터져 나오는 욕설은 그야말로 상상을 초월했다. 보겸은 바로 이 순간을 위해서 그 많은 욕설을 입 안에다 장전해놓은 것 같았다.

놀라운 사실은 길라가 전혀 당황하지 않는다는 것이다.

"야, 양아치 새끼야! 저 개는 내가 아는 분이 잃어버린 개야! 그래서 내가 잡으려고 달려갔는데, 너 때문에 놓쳐버렸잖아! 이 또라이, 미친 양아치……."

그때부터 길라의 입에서도 엄청난 욕설이 쏟아져 나왔고, 그것은 보겸이 입에서 발사된 욕설 못지않게 험하고 서늘했다. 길라의 입속에서 저런 욕들이 살고 있었다니!

결국 보겸이 백기를 들고 말았다.

"에이 씨바, 내가 저런 싸가지 년이랑 싸우다니…… 존나 쪽 팔려!"

그리고는 희성 팔을 확 낚아채면서 자두나무 밑으로 끌고 갔다. 오늘따라 자두나무 뒤쪽 땅바닥에 있는 납작한 돌이 희성의 눈에는 크게 보였다. 보겸은 모든 비밀을 알고 있다는 듯이 그 돌을 툭툭 차댔다.

"씨바, 이 유령 새끼야! 너 바른대로 말 안 하면 가만 안 둘거야! 어서 말해. 이 나무를 둘이서 끌어안는 것까지 봤어. 그리고 너랑 저 싸가지가 갑자기 증발해버렸잖아!"

희성은 보겸의 한 마디 한 마디가 고막을 찌를 때마다 몸이 줄어들고 있다고 생각했다. 보겸이 무서웠다. 길라만 없다면 무릎을 꿇고 모든 것을 다 말해버렸을지도 모른다.

보겸은 희성이가 자꾸만 길라의 눈치를 보자, 다시 잡아채면서 다그쳤다.

"씨바, 이 유령새끼가 진짜! 너 저 싸가지 앞에서 맞아볼래?"

희성은 사라지고 싶었다. 바퀴벌레나 개미가 되어, 이 순간 어디론가 보겸의 눈앞에서 사라지고 싶었다. 영영 인간이 될 수 없다고 해도 후회하지 않을 것 같았다.

그때 길라가 일부러 발소리를 내면서 보겸이 앞으로 걸어 왔다.

"야, 이 양아치 새끼야! 너 나 좋아하냐? 왜 스토커 짓 하고 그래! 너 정신 어떻게 된 거 아냐! 그렇지 않고서야 대낮에 멀 쩡한 사람이 증발을 하니 어쩌니…… 할 수 없지. 희성아, 저 씨 바 새끼 앞에서 보여주자. 뭐, 자두나무를 끌어안으라고? 내가 이런 짓을 왜 하는지."

희성은 길라를 보면서, '대체 어쩌려고 이러니?' 하고 눈으로 물었다. 길라는 어쩔 수 없잖아, 하는 식으로 눈을 깜박였다.

희성이랑 길라는 각자 편한 위치에서 자두나무를 끌어안았 다. 희성은 눈을 감아버렸다. 그 짧은 순간이, 지금까지 살아온 시간보다 더 길게 느껴졌다.

"야, 씨바 새끼야, 봐. 대체 무슨 일이 있었다는 거야!"

"어, 어, 분명 그때는 저 유령 새끼랑 저 싸가지 년이랑 자두 나무를 끌어안자 갑자기 사라져버렸는데…… 믿을 수가 없어."

보겸은 몇 번이나 자두나무 밑으로 와서 두리번거리다가 천 천히 대문으로 나갔다.

길라는 그런 보겸을 물끄러미 보고 있다가 안도의 한숨을 크게 몰아쉬었다.

"후유, 나도 뭐가 뭔지는 모르겠지만 드림 박스가 열리지 않아서 다행이야. 어차피 이판사판이다 하고 그렇게 한 거지만, 네가 하도 쩔쩔 매니까 어쩔 수 없었어."

희성은 여전히 선생님 앞에서 벌을 받듯이 고개를 숙이고 있었다. 길라는 그런 희성을 보고 다시 한숨을 뿜어내면서 얼굴을 찌푸렸다.

"야, 바보야! 근데 넌 왜 그러니? 저까짓 놈이 뭔데, 뭐가 두려워서 저놈만 앞에 서면 쩔쩔 매는 거야!"

희성은 아무런 말을 할 수가 없었고, 길라가 다시 한숨을 내쉬자 도망치듯이 대문 앞으로 걸어갔다.


희성은 집 앞쪽에 있는 숲으로 들어갔다. 그 숲에는 할머니랑 같이 가서 놀던 작은 폭포가 있다. 할머니는 머리가 아플 때마다 그 폭포 앞에 앉아 있었다. 특히 우울증이 심했을 때는 종일 그 폭포 앞에서 살다시피 했다. 희성은 그곳으로 가고 있었다.

놀랍게도 애플이 그 폭포 앞에 앉아 있었다. 희성은 적당히 거리를 두고 있다가 돌아서려고 했는데, 애플이 계곡물을 먹으려고 하자 저도 모르게 소리치고야 말았다.

"애플! 그걸 먹으면 안 되잖아!"

애플은 놀라자 몸의 균형이 왼쪽으로 살짝 무너졌다.

"너무 목이 말라서 더 이상 버틸 수가 없어."

조금 전까지만 해도, 더 이상 애플을 생각하지 않겠다고 마음먹었다. 앞으로 어떤 경우든 애플의 일에 관여하지 않기로 했는데, 저도 모르게 애플이 걱정되어서 소리친 것이다. 희성은 그런 자기 자신을 이해할 수 없었다.

애플이 꼬리를 흔들었다. 희성은 애플 앞으로 가서 계곡물로 손을 씻었다.

"왜 바보 같은 짓을 한 거야? 두꺼비로 변했다면 보겸이 눈에도 띄지 않았을 텐데."

"어쩔 수 없었어. 지금 내 몸속의 에너지는 거의 방전되기 직전이야. 그래서 두꺼비로 변신하지 못한 거야. 다른 생명체로 변할 때가 가장 에너지 소모가 많거든. 다시는 개로 돌아오지 못하고 그대로 죽을 수도 있어."

희성은 아무런 말을 하지 않고 듣고만 있었다.

애플은 숨을 몰아쉬더니 옆으로 입을 돌려 허리 쪽을 핥아 댔다. 피가 나고 있었다. 아까 보겸에게 빗자루로 맞았을 때 생긴 상처였다. 다행히 상처는 심해 보이지 않았다. 희성이 호주머니에서 끄집어낸 휴지로 닦아내고는 꾹 눌러주자 금세 지혈이 되었다. 애플은 희성한테 고맙다고 하면서, 그래도 자기가 너무 경솔하게 행동했다고 씁쓸하게 웃었다. 그 말을 듣자마자 희성은 고개를 흔들고 있었다.

"애플, 나야말로 바보야. 아까 너를 쫓아가던 애가 보검인데, 왜 그놈만 보면 아무런 말도 못하고, 걔가 하라는 대로 다하고 그러는지. 넌 그래도 뭔가 최선을 다해서 했잖아. 부딪혀보기도 하고. 하지만 난······."

참으로 이상한 일이다. 그렇게 한 번 말이 터지자 그동안 보검이 하고 있었던 온갖 일들이 술술술 흘러나왔으니까. 애플은 가만히 들어주었다. 한참 이야기를 하고 나자 희성은 뭔가 후련했고, 상대가 아무런 도움을 줄 수 없다는 것을 알면서도 위로받는 느낌이었다. 어처구니없게도 애플이 친구 같다는 생각이 들었다.

애플이 졸립다고 눈을 감았다. 희성은 집에 가서 빵이랑 물을 가져오겠다고 말하고 일어났다. 괜히 급해졌다. 희성은 몇 번이나 넘어졌다가 일어났다. 그러다가 우연히 다래덩굴 밑에 웅크리고 있는 떠돌이 개들의 파란 눈빛을 보았다.

희성은 겁이 나서 더 빠르게 내려가다가 애플을 떠올렸다. 그 떠돌이 개들이 애플을 어떻게 할까. 같은 개니까 도와줄까. 아니다. 떠돌이 개들은 자기들이랑 다른 무리는 무조건 공격할지도 모른다. 희성은 무기로 쓸 만한 막대기 하나를 들고 왔던 길을 되돌아가기 시작했다.

어쩌면 불길한 생각은 그렇게 빗나가지 않는지 모르겠다.

어느새 떠돌이 개들은 애플을 에워싸고 그들끼리만 아는 언어로 위협하고 있었다. 희성은 손에 잡히는 대로 돌멩이를 마구 던졌다. 놀란 개들은 당황하다가 상대가 만만하다는 것을 확인하고는 다시 전열을 정비하면서 짖어댔다. 희성은 그중 우두머리로 보이는 도사견을 향해 달려들었다. 우두머리도 송곳니를 드러내고 공격하려다가, 희성의 체중이 실린 막대기가 허리를 가격하자 심한 고통이 실린 비명소리를 토해내면서 뒹굴었다. 우두머리가 줄행랑을 놓자 다른 개들도 달아났다.

희성은 꿈을 꾸는 기분이었다. 비록 개라고 해도 누군가랑 맞붙어 싸워보기란 처음이었으니까. 애플이 혀로 손을 핥아주어도 실감이 나지 않았다.

"네가 아니었다면 난 저 개들한테 갈기갈기 물어뜯겼을 거야."

"바보들! 애플 네가 잘못한 것도 없는데."

"인간한테 길들여진 개들은 자기 무리가 아니면 동족이라도 적으로 생각하는 경향이 있어."

몇 걸음 움직이던 애플이 다시 쓰러졌다.

"안 되겠어."

희성은 애플을 안았다. 손으로 만져보니까 애플은 눈에 보이는 것보다 훨씬 더 말라깽이였다. 희성은 계곡물을 따라 내려가다가 집이 보이자 그때부터 긴장하기 시작했다.

그 누구의 눈에도 띄어서는 안 된다. 마을 골목골목 경찰들이 순찰하면서 계속 전단지를 뿌리고 있으니까. 그 누구라도 애플을 보면 신고하려고 할 테니까.

신 호모데우스전

# 반려동물만큼 가축들의 삶도 중요하다

　희성은 2층으로 올라가서 애플을 자기 방 책상 밑에다 눕혔다. 애플은 전혀 움직이지 않았다. 다행히도 심장은 뛰고 있었으니까, 한숨 푹 자고 나면 괜찮아지겠지 하고 중얼거렸다.

　보겸에게 전화가 왔다. 보겸은 다짜고짜 욕부터 내뱉고는 개를 안고 들어가는 것을 봤다고 하면서 문을 열지 않으면 경찰에 신고하겠다고 으름장을 놓았다. 희성은 신고하지 않는다고 약속하면 문을 열어주겠다고 했다. 뜻밖에도 보겸은 "야, 유령 새끼야! 난 의리 하나는 잘 지킨다!" 하고 소리쳤다.

　희성은 전화를 끊자마자 길라한테 전화를 해서 지금 상황을 설명했다. 길라는 곧 이쪽으로 오겠다고 했다.

　보겸은 집으로 들어오더니 개부터 찾았다. 희성은 불안해도 어쩔 수 없었다. 보겸은 애플을 보자마자 그 수배견임을 확신하는 표정이었다. 희성은 더욱 불안했고, 어서 길라가 오기를 바랐다.

보겸은 희성한테 수건을 달라고 하더니 그걸 깔고는 다시 애플을 눕혔다.

"이 정도면 동물병원에 가야 하는데, 그럴 수도 없고. 야, 유령! 체온계 있지? 빨리 가져와."

그 말을 듣고도 희성이 가만히 있자 "야, 유령아! 내 말 안 들려!" 하고 소리쳤다. 희성이 체온계를 가져왔다. 보겸은 익숙하게 체온계를 애플의 항문에다 밀어 넣었다.

"39.5도네! 이 정도면 약간 높기는 해도 정상이라고 볼 수 있어. 개는 38.5에서 39.5도 사이가 정상 체온이거든. 체온이 더 이상 올라가지 않는다면 괜찮아질 거야."

보겸은 바닥에 깔린 수건을 물에 적셔오더니 개의 얼굴에다 덮어주었다. 희성은 멍하니 그런 보겸을 보고만 있었다. 보겸이 이렇게 개에 대해서 잘 알고 있을 줄은 몰랐다.

보겸은 애플의 털을 하나씩 헤아리듯이 헤집더니 뭔가 납작하게 생긴 것 하나를 방바닥에다 내려놓았다. 아주 작은 발을 꼼지락거리고 있었다. 진드기였다.

"다행히 달라붙은 지 오래되지 않아서 아직 피를 빨아먹지 않았어. 이게 피를 빨면 통통해지거든. 유령아, 나도 집에서 개를 키우고 있다. 시추인데, 내 유일한 친구지."

보겸은 허겁지겁 2층으로 올라온 길라하고 눈을 마주치자 얼른 입을 다물었다.

길라는 눈치가 빨랐다. 애플 앞에 수의사처럼 앉아 있는 보겸을 보고는 그가 개한테 해코지하지 않았음을 알았고, 그래서인지 긴장을 풀고 땀을 닦았다. 희성이가 그동안 있었던 일을 설명했다. 길라는 다 듣고 나서야 보겸에게 고맙다고 하였다.

보겸은 쳐다보지도 않은 채 네가 왜 고맙다고 하냐고 쏘아댔다.

"씨바 새끼야, 애플은 내 친구니까 그렇게 말하는 거지!"

길라는 망설임이 없었고, 보겸은 '씨바 새끼'라는 말이 거슬리는지 슬쩍 쳐다보다가 얼른 앞머리로 눈을 가렸다.

보겸이 애플의 체온이 아까보다 더 내려갔다고 하면서 안심하라고 했는데, 희성은 그런 그의 손놀림이 묘하게도 믿음직했다. 애플이 깨어나는 것도 보겸이 가장 먼저 알아챘다. 애플은 눈을 떴어도 기운이 없어서 일어나지 못했다.

보겸은 희성이 가져온 물을 숟가락으로 떠서 애플의 입안으로 넣어주었다. 처음에는 물이 반쯤 입안에서 흘러나왔으나 몇 번 그렇게 되풀이하자 애플은 완벽하게 받아먹었다. 그러고 나서야 애플은 몸을 일으켜서 빵을 먹었다.

"보겸아, 너무 고마워. 난 며칠 전부터 널 알고 있었어. 네가 희성한테 자주 전화하고 카톡을 한다는 것도."

"뭐야, 지금 이 개가 나한테 말을 한 거야?"

보겸이 주먹으로 자기 머리를 한 번 치고는, 몇 번이나 희성이랑 길라를 쳐다보았다. 애플이 다시 말을 하자 보겸은 "대박!" 하고는 앞머리를 밀어 올리고 놀라는 눈빛을 지었다.

"날 신고하지 않을 거지?"

애플이 꼬리를 치면서 묻자, 보겸은 "당근이지!" 하고는 크게 소리쳤다.

"아까 널 잡으라고 소리치면서 쫓아간 것은, 호기심 때문이었어. 미안해! 게다가 빗자루까지 휘둘렀으니 말이야. 난 그냥 너라는 개가 궁금했어. 대체 어떤 개이기에 그런 어마어마한 현상금이 붙고, 경찰들이 저 난리를 치는지 알고 싶었어."

보겸은 이런 비상식적인 상황을 의외로 빨리 받아들였다. 보겸은 살아오면서 현실세계보다 게임 속 가상세계에 들어가서 머물렀던 시간이 더 많았다고 하면서, 그 속에서 인간과 다른 온갖 생명체들을 만날 때마다 진심으로 그들과 이야기를 하고 싶었다고 덧붙였다.

애플은 다시금 자기 상황을 솔직하게 말했고, 지금까지 여러 사람들에게 도움을 받으려고 갔다가 거절당한 이야기도 죄다 했다. 그 이야기를 들은 보겸이 애플한테 이제 앞으로 어떻게 할 거냐고 물었다.

그때 2층 거실 창밖을 보고 있던 길라가 급하게 손짓하면서 소리쳤다.

"야, 저기 아래 꿈 유치원 쪽에서 경찰차가 이쪽으로 올라온다! 한 대가 아니야. 서너 대쯤 되는 것 같은데. 뭐야, 또 누가 신고한 거 아냐?"

희성이 모르겠다고 하면서 멍하니 서 있자, 애플은 예감이 좋지 않다고 하면서 서둘러 일어났다.


애플이 자두나무에다 등을 비비면서 뭐라고 중얼거려도 아무런 변화가 일어나지 않았다. 당황하면서 다시 애플은 등을 문질렀다.

"씨바, 이거 뭐하는 거야? 빨리 어디로 숨어야 하는 거 아냐?"

뜻밖에도 보검이 가장 초조해하고 있었다.

길라가 희성한테 눈짓했다. 둘은 애플이 등을 문지르고 있는 곳으로 가서 나무줄기를 끌어안았다. 그래도 아무런 변화가 없었다.

"이게 대체 어떻게 된 거지?"

희성이 애플한테 어떻게 좀 해보라고 말했다. 애플은 절망적인 눈빛으로 고개를 흔들었다.

"너희들이 자두나무를 끌어안는다고 달라지는 건 없을 거야. 더 이상 너희들이 드림 박스로 들어갈 수 없도록 차단시켰거든. 근데 내가 드림 박스로 들어가지 못하는 상황은 처음이야. 아마도 내 에너지가 워낙 약해져서 그런가 봐."

"그래도 다시 한번 해 봐."

애플이 다시 나무에다 등을 비벼댔고, 옆에 있던 희성이랑 길라도 그 나무를 꼭 안았다. 그래도 아무런 일도 일어나지 않았다. 그때 길라가 보겸을 불렀다.

"씨바야! 너도 빨리 와서 붙어. 혹시 모르잖아!"

애플이 고개를 흔들어도 길라는 밑져봐야 본전 아니냐고 하면서 다시 보겸을 불렀다. 보겸까지 줄기를 끌어안자, 놀랍게도 갑자기 소나기가 들이칠 때처럼 강한 바람이 불었다. 자두나무가 심하게 흔들렸다. 자두나무 뒤쪽 땅바닥에 있던 납작한 돌이 흔들렸고, 그 틈으로 흐릿한 안개가 새어나왔다. 그와 동시에 작은 굴이 보였고, 그 굴이 커지면서 계단이 나타났다. 보겸은 "허걱!" 하고 짧게 소리쳤다.

희성은 그 계단을 내려갈 때마다 알 수 없는 설렘과 긴장감으로 온몸이 쪼그라드는 것 같았지만, 막상 발이 바닥에 닿자 그제야 몸속 모든 세포들이 자유롭게 뛰어다니는 것 같았다. 그들이 바닥에 내려가자마자 계단이 사라졌다. 희성이랑 길라는 근처 나무뿌리에 앉아서 숨을 고르고 있었고, 보겸은 앞머리를 쓸어 올리면서 흥분된 눈빛을 감추지 못했다.

"유령아, 이거 꿈 아니지?"

대답은 희성이 아니라 길라가 하였다.

"있잖아, 씨바야! 너도 이제 어쩔 수 없이 우리랑 동업자가 된 거야. 이제 빼도 박도 못해! 근데 너 아직도 동물실험에 대해서 찬성하니?"

보겸은 슬쩍 앞머리로 눈을 완벽하게 차단시킨 다음 그 특유의 말투로 내뱉었다.

"어휴, 저 싸가지하고는. 왜 그걸 굳이 따지냐? 솔직히 잘 모르겠어. 인간의 미래를 생각하면 어쩔 수 없다는 생각이 들기도 하지만…… 에이 씨바, 모르겠어!"

"그래그래, 더 이상 따지지는 않을게. 그건 그렇고, 씨바야! 너, 나랑 희성한테 그딴 식으로 욕하면 가만 안 돼. 너도 이제 알았지? 내가 맘만 먹으면 너보다 욕을 훨씬 잘한다는 사실. 그니까 이제 욕 좀 그만해라."

길라는 아무리 머리카락으로 눈을 가리고 있어도 다 보인다는 듯이 계속 쏘아보았고, 보겸은 못 이기는 척 헤헤헤 웃으면서 뒷머리를 긁적였다.

"그럼 너도 날 씨바라고 부르지 마."

"그럼 양아치라고 부를까?"

"하여간 저 싸가지하고는……."

길라는 자신을 싸가지라고 부르든 상관없고 다른 욕만 하지 말아 달라고 재차 강조했다. 보겸은 알았다고 하면서 웃고야 말았다. 상대를 압도하는 듯한 그 눈빛은 볼 수 없었다.

희성은 그런 보겸이 너무도 낯설었다. 선생님한테 혼이 날 때도 온통 가시로 중무장한 듯한 눈빛을 꺾지 않고 노려보던 보겸이 떠올랐다. 참 모를 일이다. 보겸은 호주머니를 뒤적이다가 뭔가를 끄집어냈다. 노란 종이로 만들어진 명함이었다.

"어, 씨바! 핸드폰 어디로 갔지? 핸드폰은 없고, 명함만······ 오늘 학교 앞에서 여자 경찰이 준 건데, 명함이 독특해. 물에도 젖지 않고, 별 모양 스티커도 뭔가 졸라 특이해!"

"어, 나도 그거 받았어. 특이해서 책상 위에다 잘 모셔두었지."

길라는 무슨 말을 더 하려다가 심각한 표정을 짓는 애플을 보고 말끝을 흐렸다.

"조금만 늦었어도 큰일 날 뻔했어. 지금 경찰들이 수색견을 앞세우고 희성이네 집 주위를 수색하고 있어. 누가 또 신고했나 봐!"

한참 있다가 애플이 희성을 보면서 망설이듯이 입을 열었다.

"너희들한테는 더 이상 부탁을 하지 않을 작정이었고, 그래서 너희들이 더 이상 드림 박스로 들어올 수 없도록 입구를 막아버렸던 것인데. 일이 이상하게 꼬이고야 말았네."

희성이랑 길라는 아무런 말을 하지 않았다. 아무것도 모르고 있었던 보겸은 그들을 번갈아보다가 대체 무슨 말이냐고 물었다. 아무도 대답하지 않았다. 그러자 이번에는 애플을 보고 조금 전보다 더 호기심 어린 표정으로 크게 물었다.

"애플, 대체 무슨 말인데? 내가 알면 안 되는 거야?"

애플은 한숨을 토해내면서 몇 번 고개를 흔들다가 입을 열었다.

"그건 아니지만."

"그럼 말해봐. 야, 괜찮지?"

희성은 가만히 있었고, 길라가 동조한다는 뜻으로 고개를 끄덕였다. 애플은 드림 박스와 꿈속 세상에 대해서 이야기를 한 다음 짧게 한숨을 내쉬었다.

"그건 그렇고, 혹시 강성우 기자라고 아니?"

희성이 눈을 크게 떴다. 그는 〈강성우의 풀잎뉴스〉라는 인터넷 개인방송을 하고 있었다. 그 방송은 돌아가신 할머니가 즐겨들었다. 할머니랑 같이 들었던 뉴스 중에서 가축에 대한 이야기가 가장 기억에 남는다. 강 기자는 사람들이 아프리카 초원에서 살아가는 야생동물에 대해서는 관심을 갖지만 정작 가축의 삶에 대해서는 전혀 알려고 하지 않는다고 말했다. 동물 권익을 운운하는 사람들도 개나 고양이 같은 반려동물만 생각할 뿐, 정작 우리의 살이 되는 가축들의 권익에 대해서는 모르쇠하고 있다고.

강 기자는 공영방송에서 근무할 때 동물실험 부당성에 대한 취재를 하다가 어떤 대기업으로부터 고발을 당했고, 그때 실형을 살게 되면서 해직되었다. 무단으로 실험실에 침입했다는 것이 유죄로 인정되었다. 그 뒤로는 인터넷방송을 하고 있다.

"그분은 가축의 권익에 대해서 많은 관심을 갖고 있어. 가축도 인간과 똑같은 생명체이고, 그래서 가축이 최소한 몸을 맘대로 돌릴 수 있고, 맘대로 털을 고를 수 있고, 맘대로 누웠다가 일어날 수 있고, 맘대로 날개를 펼칠 수 있도록 해주자는 운동을 펼치고 있어. 지금 너희들이 좋아하는 치킨, 삼겹살, 스테이크가 되는 닭이나 돼지, 소들은, 최소한 그런 자유조차 보장되지 않는 곳에서 살고 있거든. 지옥이나 다름없지. 그런 곳에서 강제로 살만 찌우도록 한 다음, 인간의 입으로 들어오는 거야. 그러니까 인간은 가축들의 지옥을 먹고사는 것이지."

희성은 강 기자의 성향에 대해서 대충 알고 있었는데도 애플의 말이 놀라웠고, 특히 가축들의 지옥을 먹고산다는 말이 고막으로 아프게 파고들었다.

"이번에는 그분한테 도움을 청해보려고 해."

만약 이런 순간에 할머니한테 "어떻게 할까요?" 하고 물어본다면 뭐라고 하실까. 당연히 할머니는 "도와줘야지!" 하고 희성의 등을 토닥여주었을 것이다. 희성은 천천히 몸을 일으켰다.

"애플, 마음속에서는 'No!' 하고 소리쳤는데, 몸은 어서 강기자님을 만나보고 싶어 해."

희성은 입술로 몰려드는 힘 때문에 턱이 경직되는 것 같았고, 그래서 자꾸만 손으로 턱을 만지면서 겨우 말했다. 그 말이 끝나자마자 보겸이 소리치듯이 말했다.

"나도 같이 갈 거야. 동물실험이 옳은지 그른지 그런 것은 잘 몰라도, 애플은 돕고 싶어. 그래도 되는 거지?"

너무 뜻밖이었다. 길라도 놀라고 있었다. 희성은 싫다고 말하고 싶어도 내색할 수가 없어서 제발 길라가 안 된다고 정리해주기를 바랐는데, 애플만 괜찮다면 같이 가도 된다는 길라의 목소리를 듣는 순간 일이 이상하게 꼬인다고 눈을 깜박였다.

애플은 그들에게 고맙다는 말을 몇 번이나 되풀이했다.


그들은 애플을 따라 온갖 뿌리들이 뒤엉켜 있는 작은 틈으로 이동했다. 멀리서 보면 흙과 나무뿌리 사이에는 아무런 틈이 없었다. 그런데 막상 다가가면 흙과 나무뿌리 사이가 길을 열어주듯이 틈이 생겨났다. 희성은 어렸을 때 부모님을 따라 몇몇 석회암 동굴에 가본 적이 있었다. 낮게 허리를 구부리고 들어간 그 동굴은 견딜 수 없을 만큼 답답하고 묘한 불안감마저 엄습하여, 결국 희성은 폐쇄공포증을 호소하면서 허겁지겁 나와야 했다. 그런데 이곳에서는 전혀 그런 답답함이 느껴지지 않았고, 신비로운 분위기가 상상력을 자극하면서 묘한 흥미를 끌었다. 어쩌면 어딘가에 암각화 같은 것들이 있을지도 모른다는 생각, 자꾸만 숱한 신화들이 이곳에 얽혀 있을 것이라는 생각도 하였다.

보겸은 자주 걸음을 멈추고 애플한테 물었다. 이곳에 다른 생명체도 사느냐, 박쥐 같은 것들이 살기 딱 좋아 보인다는 말도 하였다. 그때마다 애플은 네 맘대로 상상하라고 대답했다. 모든 나무뿌리 밑에 이런 세상이 있냐고 묻기도 했는데, 애플은 보겸을 보고는 그냥 웃기만 했다. 굳이 대답할 필요가 없다는 뜻이었다. 희성은 보겸이 그렇게 호기심이 많은 사람이라는 것도 처음 알았다. 그에 비해서 길라는 웬만해서는 질문을 하지 않았다.

드디어 강성우 기자의 꿈속으로 들어가는 계단이 나왔다.

그 계단을 올라가던 보겸이 주춤거렸다. 바깥은 큰길의 한복판이었고, 수많은 사람이 오가고 있었다. 만약 그곳으로 나갔다가는 다른 사람들이 놀라면서 한바탕 소란이 일어날 게 뻔했다.

"씨바! 여긴 서울 한복판이잖아!"

보겸이 소리치자 애플이 꼬리를 치면서 모두를 안심시켰다.

"괜찮아. 다른 사람들 눈에는 너희들이 안 보이거든."

그 말을 듣고도 희성은 불안했지만 다른 사람들은 땅속에서 나오는 그들을 아무도 보지 못했다. 한참 걸어가고 나서야 사람들은 그들을 볼 수 있었다.

길 건너편에 강 기자가 일하는 건물이 보였다.

신 호모데우스전

그들은 그 건물의 회전문을 밀고 들어갔다. 풀잎뉴스는 48층에 있었다. 길라가 '안내'라고 쓰여 있는 곳으로 가서, 줄곧 상냥한 웃음을 흘리고 있는 여직원에게 물었다. 그녀는 〈강성우의 풀잎뉴스〉라는 말을 듣자,

"자, 여기에다 이름과 주소 쓰고 기다리세요. 그쪽에서 연락이 올 겁니다."

희성이 그것을 받아서 대충 적었다. 여직원은 그것을 들고 사무실로 들어갔다가 나왔다. 그리고 얼마나 기다렸을까. 1시간쯤, 아니면 조금 더 걸렸을지도 모른다.

여직원이 테이블 앞에 있는 전화를 받더니 맨 앞에 있는 보겸에게 받아보라고 내밀었다. 그는 엉겁결에 그걸 받았고, 여직원을 흘깃거리면서 낮게 말했다.

"강성우 기자님이시죠? 예에, 안녕하세요? 저희는 동물불법실험에 대해서…… 예에, YP……."

보겸은 여직원을 흘깃거리면서 조심스럽게 말을 하다가 상대가 "혹시 애플이라는 비글이 보내서 왔니?" 하고 묻자 깜짝 놀라면서 그걸 어떻게 아냐고 물었다. 상대는 "다 알고 있다!" 하고 무뚝뚝하게 말했다.

"애플이 이제는 너희들까지 끌어들였구나! 어서 돌아가라. 이건 무척 위험한 일이다! 너희들이 할 수 있는 일이 아니야! 여기서 조금만 지체하다가는 다들 몸이 녹아버릴 수 있어……."

강 기자는 일방적으로 돌아가라는 말만 몇 번이나 되풀이했고, 보겸의 말을 들으려고 하지 않았다. 소통이란 상대의 이야기를 듣기 위해서 귀를 기울이는 것이라면, 그는 일부러 소통을 거부하고 있는 셈이다. 보겸의 얼굴이 심하게 일그러졌다.

"난 예전처럼 동물실험 반대나 가축의 생명권을 이야기하는 그런 뉴스는 이제 취급하지 않는다! 그건 이상주의자들이나 하는 말이야. 뉴스란 정확히 현실적인 것을 다뤄야 해. 그러니 어서 돌아가!"

강 기자는 거기까지 말을 하고는 전화를 끊어버렸다.

순간 보겸의 얼굴이 확 달아올랐다.

"에이 씨바, 졸라!"

여직원의 얼굴이 붉어졌다. 길라가 얼른 보겸을 잡아끌었다. 희성도 얼른 뒤따라갔다. 밖으로 나오자 보겸은 더 큰소리로 마구 강 기자를 욕했다. 길라도 더 이상 뭐라고 하지 않았고, 희성도 그의 욕설이 귀에 거슬리지 않았다. 오히려 후련했다.

"지가 뭔데 훈계를 해! 난 어른 되면 결혼하지 않고 혼자 살 거야. 그래야 꼰대가 되지 않지."

그 말을 듣자, 희성은 갑자기 보겸이 어른처럼 느껴졌다. 분명히 비슷한 또래이고, 비슷한 시간을 살아가고 있는데, 어쩌면 저렇게 다른 생각을 할 수 있을까.

희성은 아직까지 어른이 된 이후의 삶을 생각해본 적이 없었다. 누군가 꿈이 뭐냐고 물어오면 머리에 쥐가 난다. 희성은 그렇게 미래에 대한 생각만 하면 겁이 나고 두렵다.

그들이 돌아오자 애플은 깊은 한숨을 연달아 내뿜었다.
"이번에도 내가 경솔했어. 그 사람의 과거만 믿고 너무 큰 기대를 한 거야. 알아보니까, 강 기자도 많이 달라져 있더군. 이번에 YP 측에서 새로 방송 사업에 뛰어드는데, 강 기자를 영입했대. 강 기자가 방송국 사장님이 되는 거지."
그 말을 듣자 희성의 입에서도 욕설이 나오려고 했다. 물론 보겸은 더욱 험한 욕설을 쏟아내다가 길라한테 저지당했다.
"야, 양아치 새끼야, 적당히 하라구! 욕 좀 하지 마라구!"
그제야 보겸은 헤헤헤 웃었다. 꼭 고양이 앞에 온 쥐 같다고나 할까.
애플은 갑자기 무슨 소리가 들린다고 하더니 급하게 움직였다. 서둘러! 그런 말도 연달아 내뱉었다. 낮은 나무뿌리 밑으로 기어가다가, 막 뒤엉켜 있는 뿌리를 밟고 위쪽으로 한참을 오르고, 다시 아래로 내려갔다. 얼마나 기어갔는지 모른다. 그들은 나무뿌리가 동그란 집처럼 뒤엉켜 있는 곳으로 들어갔다. 그제야 애플이 숨을 몰아쉬었다.
"비상사태야! 추격대가 그 자두나무 밑에 있는 드림 박스를 찾아냈어. 이곳에 있는 누군가가 신호를 보내지 않는 한 불가능한 일인데.”

“씨바, 대체 뭔 말을 하는지!”

보겸이 뒷머리를 긁적였다. 희성이 물었다.

“그렇다면 우리 중에 누군가가 추격대한테 비밀 신호를 보냈다는 뜻이네?”

애플은 신중하게 입을 열었다.

“그러니까 그게 말야.”

“씨바, 이게 뭔 소리야? 그럼 우리 중에 첩자가 있다는 뜻이네. 내가 가장 늦게 합류했으니까, 그럼 나라는 뜻 아냐? 이 유령 새끼가 사람 잡네!”

보겸이 버럭 소리를 지르면서 희성을 노려보았다. 희성은 저도 모르게 뒷걸음질 쳤고, 길라는 가만히 지켜보고만 있었다. 보겸이 팔을 뻗어 희성의 멱살을 잡으려고 할 때, 애플이 앞으로 나서면서 꼬리를 흔들었다.

“보겸아, 넌 아냐. 넌 초음파 같은 강력한 신호를 꿈 바깥으로 보낼 수 없잖아?”

그러자 보겸이 얼굴을 문지르고는 한숨을 내뱉었다.

“그럼 그렇게 말하지! 에이 씨바, 애플! 난 진짜 아니야! 난 짭새들 싫어해. 아까도 사실 혼자 바깥세상으로 돌아가고 싶었어. 강성우 기자 만나러 간다고 했을 때 말이야. 근데 혼자 돌아가면 희성이네 집 주위에 있는 짭새들한테 잡힐까 봐 같이 가겠다고 한 거야."

애플도 한숨을 몰아쉬었다.

"누군가 이곳으로 침투해서 우리의 위치를 알려준 것은 분명해."

그때 희성은 눈에 보이지 않는 무엇인가가 미행하고 있는 것 같다는 말을 했다.

"나무뿌리가 흔들리고, 미세하게 흙가루도 떨어지는 것을 몇 번이나 느꼈어. 그래서 여기에도 귀신이 있나, 하는 생각까지 했다구!"

애플은 이곳에 귀신이 존재한다는 정보는 들은 적이 없다고 고개를 갸우뚱했고, 길라는 갑자기 자기 팔을 문지르면서 주위를 두리번거렸다.

"뭐야, 갑자기 무서워지잖아!"

보겸은 더욱 긴장하는 표정이었다.

"아무튼 지금 이곳으로 추격대가 들어왔어. 이건 진짜 상상도 못했던 일이야. 그들에게 잡히면 끝장이야. 너희들은 돌아가. 자, 시간이 없어."

보겸은 "씨바!" 하고 그 특유의 욕설을 내뱉으면서 뭐라고 중얼거렸고, 길라는 아무런 말이 없었다. 희성은 애플하고 눈이 마주치자 "넌 어떻게 할 건데?" 하고 물었다. 애플은 뒷다리로 목을 탈탈탈 몇 번 긁어대고는 엄숙한 표정을 지었다.

"난 신을 찾아갈 거야."

"뭐, 신이라고!"

보겸이 머리카락을 쓸어올리며 애플을 쏘아보았다. 어처구니없어하는 것 같기도 했고, 뭔가 잘못 들었나 하고 애플한테 확실하게 묻는 것 같은 표정으로.

희성은 어느새 할머니를 떠올리고 있었다. 할머니는 특정 신을 믿지 않았는데도 신에 대한 이야기를 자주 하였다. 특히 봄날 비가 내리면, "봄비는 신의 눈물이란다. 그래서 그걸 먹고 새싹이 돋아나는 거야." 하기도 했다.

"씨바, 요새 신이 어딨어?"

보겸이 다시 턱을 낮게 하면서 쏘아댔다.

애플은 그런 보겸에게 살짝 꼬리치더니 착 가라앉은 목소리로 말을 하였다.

"이곳에서 북쪽으로 가면 '꿈'을 관장하는 신들의 세계가 있어. 그곳은 헤아릴 수 없이 많은 신들의 나라 중 하나인데, 생명체들끼리 심각한 갈등을 일으켰을 때 그것을 해결해주는 재판소가 있었지. 옛날에는 인간들보다 더 강한 생명체들이 많았다는 거 다 알지? 호랑이나 사자보다 더 크고 강한 고양이들도 많았고, 호랑이만큼이나 큰 개들도 있었고. 당연히 공룡들도 있었고. 그러니 갈등이 생기는 것은 당연한 이치! 그래서 '신의 재판국'이 있었던 거지."

보겸이 또 "씨바!" 하면서 뭐라고 말을 하려고 하는 것을 길라가 제지하면서 말했다.

"그래, 그런 곳이 있다고 쳐. 그곳에 가서 뭘 어떻게 할 건데?"

"신들에게 도와달라고 부탁해야지. 이제 방법은 그것밖에 없어."

"애플, 넌 몸이 완벽하지도 않잖아."

"그래도 어쩔 수 없잖아. 여기서 그들에게 잡혀서 죽나 신의 재판국에 가서 죽나…….

굳은 결심을 하듯이 고개를 쳐들고 낮게 말하던 애플의 말이 다 끝나기도 전에 "애플! 나도 갈 거야!" 하고 보겸이 손을 들었다. 희성은 깜짝 놀랐다. 도무지 예측이 불가능한 녀석이었다. 이 상황에서 보겸이 그렇게 말하다니, 길라도 무척 놀란 표정이었다.

"거긴 아주 위험해. 돌아오지 못할 수도 있어. 죽을 수도 있다는 뜻이야!"

애플이 그렇게 말하자, 보겸이 "난 괜찮아. 니들은 어때?" 하고 물었고, 길라랑 희성은 언뜻 대답하지 못했다. 희성은 죽을 수도 있다는 애플의 말이 자꾸만 귀에서 맴돌았고, 그래서 더욱 신중하게 길라의 눈치를 더 볼 수밖에 없었다.

길라는 허공을 쳐다보면서 뭔가 생각에 잠겨 있었다. 그때 보겸이 길라의 어깨를 툭 쳤다.

"애플을 혼자 보낼 수는 없잖아! 뭐, 니들이 안 간다면 나 혼자서라도 갈 거야. 이건 내 진심이야."

길라는 한참만에야 어정쩡하게 고개를 끄덕였다.

"씨바야, 네가 가면 같이 가야지, 어떻게 너 혼자 가냐!"

그 말을 기다렸다는 듯이 보겸이 "오케바리!" 하고 길라를 빤히 쳐다보았다.

"그럼 우리 둘이 가자. 유령, 너는 돌아가! 우리 중에 한 명은 밖에서 기다리는 것도 중요하잖아. 우리가 한꺼번에 다 사라져……."

희성은 보겸의 말이 끝나기도 전에 소리쳤다.

"에이 씨바! 네가 뭔데 나한테 이래라저래라 하는 거야!"

희성은 그렇게 말해놓고도 그것이 자기가 뱉어낸 말인지 믿어지지 않았고, 그래서 놀라는 보겸이 쏘아보아도 그 눈빛을 전혀 피하지 않았다. 보겸이 가장 잘하는 '씨바!'라는 욕설이 자기의 입에서 튀어나올 줄은 상상도 못했다. 희성은 묘하게도 그 '씨바'라는 말이 시원했다. 보겸이 매섭게 쏘아보자 "씨바!" 하고 다시 입에다 힘을 주었다.

어쨌거나 혼자서는 돌아갈 수 없었다. 만약 그렇게 된다면 길라를 다시 보지 못할 것 같았고, 두고두고 이 일을 후회를 할 것 같았다.

보겸은 한동안 넋 나간 표정으로 희성을 보고 있었다. 그것은 평소 알고 있던 겁쟁이가 아니었다.

"어쭈, 이 유령 새끼 좀 봐라. 난 그냥 널 생각해서 그런 건데."

"야, 씨바! 이 일은 내가 가장 먼저 시작했다구! 나랑 길라가 갈 테니까 네가 빠져, 이 새끼야!"

희성의 입에서는 상상도 할 수 없는 욕설이 연달아 터져 나왔다. 누군가에게 그렇게 욕을 해보기도 처음이었다. 희성은 심하게 떨리는 왼쪽 다리에다 힘을 주었다. 만약 보겸이 주먹을 휘두른다면 피하지 않을 생각이었고, 그놈한테 맞아서 죽더라도 맞붙어 싸울 생각이었다.

보겸은 더욱 눈에다 힘을 주고 희성을 노려보았다. 그냥 쳐다보기만 해도 겁을 먹고 웅크리던 예전의 희성이 아니었지만, 그래도 발길질 한 번이면 완벽하게 녀석을 제압할 자신이 있었다.

애플이 그런 낌새를 눈치챘는지 다급하게 목소리를 높였다.

"추격대가 근처까지 왔어. 이제 진짜 시간이 없다구!"

"야, 그럼 다 같이 가자! 그럼 되는 거잖아?"

길라가 그렇게 소리쳤고, 희성은 못 이기는 척 고개를 끄덕였다.

줄곧 못마땅한 표정을 짓던 보겸은 희성을 보고 비릿하게 웃었다.

"야, 유령. 너 많이 컸다! 감히 나한테 욕을 하고. 씨바, 이 개새끼가, 지금은 참지만 두고 봐라. 겁대가리 없이 까부는데……."

보겸의 입에서 다시금 무시무시한 욕들이 쏟아져 나왔다. 보겸이 몸속에는 쇳덩어리같이 단단한 욕설을 담금질하여 배출하는 용광로가 있는지도 모른다.

길라가 손으로 그의 등을 내리쳤다.

"씨바야. 너 욕 좀 하지 말라고 했지? 진짜 마지막 경고다!"

신 호모데우스전

# 욕쟁이, 보겸을 알 것 같았다

    맨 뒤쪽에서 따라가던 희성은 자꾸만 누군가 따라오는 것 같았다. 그때마다 슬그머니 뒤돌아보면 아무것도 보이지 않았다. 애플은 예리하게 후각과 청각을 동원하여 주위를 더듬었다.

    "아무도 없어. 네가 너무 예민한 거 아냐?"

    그러니 희성도 더 이상 할 말이 없었다. 어쩌면 환상일지도 모른다.

    맨 앞에서 걸어가던 애플이 갑자기 "깨갱!" 하고 소리치면서 옆으로 굴렀다. 나무뿌리 위쪽에서 무엇인가 툭 떨어지듯이 개 두 마리가 애플을 덮친 것이다. 희성이랑 길라는 놀라서 뒤로 넘어진 채 그냥 멍하니 입만 벌리고 있었다. 애플을 물어뜯고 있는 개들이 애플이랑 똑같이 생겨서 더욱 놀랐고, 그러면서도 비현실적으로 느껴져서 그냥 멍하니 입만 벌리고 있었는지도 모른다. 자기 자신에게 공격당하고 있는 애플의 심정은 어떨까? 희성은 순간적으로 그런 생각을 하다가 어디선가 나무뿌리를 들고 오는 보겸을 보았다. 보겸이 "씨바!" 하고 외치면서 애플이랑 똑같이 생긴 개들을 내리쳤다. 개 한 마리가 "깨갱, 깨갱!" 하고 소리치면서 달아나자, 다른 개도 달아났다.

간신히 몸을 일으킨 애플이 보겸에게 고맙다고 하면서 자꾸만 고개를 흔들었다.

"아아, 이럴 수가! 너무 슬프고 비참해. 나의 분신들이 나를 공격하다니…… 이게 말이 된다고 생각해?"

길라가 뭐라고 말을 하려고 했으나 사방에서 비글들이 짖어대는 소리가 울려 퍼지자 굳게 입술을 다물었다. 모두 네 마리의 수색견들이 그들을 포위하고는 그악스럽게 짖어댔다.

"죄다 나랑 똑같은 놈들이군! 아아, 이건 말도 안 돼. 나를 복제한 개들이 내 운명을 좌지우지하다니…… 우린 저것들을 막을 수 없어. 내가 다른 곳으로 유인할 테니까 그때 너희들은 달아나. 그냥 돌아가. 그동안 있었던 일은 꿈이었으려니, 생각하고 모두 다 잊어줘. 알았지?"

그 누구도 아무런 말을 할 수가 없었다. 애플을 혼자 두고 가서는 안 된다는 것을 알면서도 어찌할 수가 없었다.

애플이 달아나려고 하자 재빠르게 수색견 한 마리가 막아섰다.

그들은 꼼짝도 할 수가 없었다.

"이게 뭐야, 씨바! 무슨 무기 같은 것이 있어야 저 개새끼들을 상대하지. 애플 새끼, 대가리가 텅 비었네! 아무것도 준비하지 않고 이곳으로 올 생각을 하다니 말이야!"

보겸이 씩씩거리면서 애플을 욕했다. 아무리 주위를 둘러보아도 보겸이 들고 있는 작은 나무뿌리 외에는 돌멩이 하나 없었다. 그렇다고 흙가루를 집어던질 수도 없었다. 애플도 절망적인 눈빛을 지으면서 주저앉았다.

그때 가장 그악스럽게 짖어대면서 그들을 위협하고 있던 비글이 비명을 지르면서 쓰러지더니 떼굴떼굴 구르다가 죽어갔다. 그것을 본 애플은 마치 자기가 그런 고통을 당하면서 죽어가는 것처럼 온몸을 흔들어댔고, 다른 곳에 있던 비글들이 당황하면서 정체모를 적을 향해 사방에다 짖어댔다.

또 한 마리의 비글이 쓰러지더니 죽어갔다. 이번에도 애플은 고통스럽게 몸을 흔들었고, 남은 비글들은 겁을 먹고 달아났다.

"애플, 대체 어떻게 된 거야?"

보겸이 물었다.

애플은 눈을 찌푸리면서 주위를 두리번거렸다.

"나도 뭐가 뭔지 모르겠어. 뭔가 저 비글들을 공격한 것 같은데…… 일단 달아나자!"

수색견에게 공격을 받은 애플은 다리를 심하게 절었다. 그걸 본 길라가 애플을 안아서 들어올렸다. 보겸이 바로 길라 뒤에 가면서 투덜거렸다.

"애플아, 근데 무슨 무기가 있어야 저놈을 맞설 거 아냐!"

"아, 이렇게 될 줄은 몰랐어. 설령 알았다고 해도 무기를 생각하지는 않았을 거야. 우린 싸우러 가는 게 아니거든. 그러니까 내가 아까 말했잖아. 신의 세계로 가는 것은 아주 위험한 일이니까 현실세계로 어서 돌아가라고. 지금이라도 늦지 않았으니까 돌아가도 돼!"

"야, 시끄러워! 씨바, 이제 와서 어떻게 돌아가냐?"

보겸이 흙을 한 주먹 집었다가 어디론가 화풀이하듯이 뿌렸다.

그들은 나무뿌리 밑으로 포복하면서 기어갔다. 커다란 바위를 감싸고 있는 뿌리 사이로 작은 공간이 있었다. 애플은 그쪽을 가리켰다. 뿌리는 점점 가늘어지더니 어느 순간에 사라졌고, 갑자기 늪에 빠진 것처럼 움직이는 게 힘들어졌다. 그렇다고 무엇인가 몸에 닿지도 않았다. 그러니까 그곳은 눈에 보이지도 않고, 어떤 감촉이 느껴지지도 않는 강한 압력의 늪이었다. 애플을 안은 길라가 헉헉거렸다.

애플이 말했다.

"모든 경계에는 이렇게 강한 힘이 흐르고 있어. 이제 서로 힘을 합쳐야 해. 서로 끌어주고, 밀어주고."

맨 앞에 있던 길라가 보겸의 손을 잡았고, 보겸의 다른 손이 희성의 손으로 연결되었다. 그러자 신기하게도 발과 몸이 편안하게 움직였다. 아인슈타인 같은 물리학자들이라면 이런 원리를 어떻게 설명할까.

"에이 씨바, 다 같이 오길 잘했네. 만약 싸가지랑 나만 왔다면 더 힘들었을 텐데, 유령 저 새끼가 같이 와서 훨씬 수월하잖아!"

보겸은 잠시 걸음을 멈추고 숨을 고른 다음 희성의 손을 강하게 움켜쥐었다.

순간 희성은 하마터면 웃어버릴 뻔했다. 아무리 보겸이 손에다 힘을 주어도 강하게 느껴지지 않았고, 자기가 슬그머니 힘을 주어도 그 손아귀가 으스러져버릴 것 같았다. 그만큼 보겸의 손은 작았다.


갑자기 귀가 멍해지자 희성은 신의 재판국 경계를 넘어섰다는 것을 알았다.

보겸은 높은 산에 올라갔을 때처럼 가슴이 답답하다고 했다.

"싸가지, 넌 괜찮냐?"

길라는 머리가 아프기는 해도 견딜 만하다고 했다. 귀가 조금 멍하기는 했지만 희성은 멀쩡했다. 희성도 그것이 신기했다. 보겸은 그런 희성을 보고 혹시 외계인이 아니냐고 물었다. 희성은 진짜 외계인이었으면 좋겠다고 대답하면서 애플을 보앉다. 애플도 어지럽다고 했다.

"예상은 했지만 만약 나 혼자 왔다면 여기서 몇 걸음 걷다가 쓰러졌을 것 같아."

거대한 나무들이 그들을 맞이했다. 희성은 언젠가 부모님이랑 같이 갔던 제주도 비자림 숲이 떠오르기도 했는데, 지금 눈에 보이는 숲은 그런 나무들보다 훨씬 커서 그 끝을 가늠할 수 없었다. 저 나무를 타고 올라간다면 하늘까지 갈 수도 있겠다는 동화 같은 생각이 들 정도였으니까. 그런데 바닥에 쓰러져 있는 나무들을 보면 뭔가 격동적인 것 같으면서도 정적이고, 평화로워 보이지만 뭔가 보이지 않는 곳에서 불안이 도사리고 있었다.

애플이 길라의 품안에서 자꾸 몸을 흔들어댔다.

"어서 신의 재판소를 찾아야 해. 그 재판소는 원형극장처럼 생겼어. 거기에 가서 신의 재판장을 만나 도움을 요청해야 해."

"씨바! 근데 어디로 가야 하는 거야? 내비게이션이 있는 것도 아니고, 인터넷도 안 되고, 표지판도 없고, 뭐 어쩌라고!"

보겸이 투덜거리자 애플도 난감한 표정을 지었다.

얼마나 많은 낙엽이 깔려 있는지 걸을 때마다 스펀지를 밟는 느낌이었다. 여기저기 쓰러져 뒤엉켜 있는 수많은 나무를 지나고, 땅 위로 돌출해 있는 거대한 뿌리 사이를 지나고, 물이 말라 있는 작은 계곡도 지나쳤다. 갈수록 점점 나무들이 작아지더니 어느 순간 풀 한 포기 없는 사막으로 변했다.

"에이 씨바, 왜 이러지. 자꾸 헛구역질 나오고, 숨차고⋯⋯."

계속 가슴을 움켜쥐고 힘들어하던 보겸이 결국 주저앉고야 말았다. 다들 그런 보겸을 걱정했다. 보겸은 괜찮다고 일어나서 기운을 내려고 했으나 몇 걸음 가지 못하고 다시 주저앉았다. 그런 보겸이 때문에 자꾸만 지체되었다.

희성이 한참을 망설이다가 보겸이 앞에 앉았다.

"야, 업혀!"

보겸은 왼 볼을 심하게 찡그리면서 거칠게 고개를 흔들었다.

"야, 유령. 등 치워라, 발로 까버리기 전에!"

"씨바 새끼야, 내 맘 변하기 전에 업혀라!"

희성의 목소리에는 묘한 힘이 실려 있었다. 보겸은 어이없어하는 표정을 짓다가 길라랑 애플하고 눈이 마주치자 "그래, 알았다고!" 하고는 슬그머니 희성의 등을 잡았다.

"씨바 새끼, 별로 무겁지도 않네."

"어쭈! 이 유령 새끼가 이제 말할 때마다 '씨바 새끼'를 다네. 야 이 새끼야, 배울 걸 배워라. 뒤늦게 나한테 욕 배워서 어디다 써먹으려고!"

"씨바야, 조용히 해라. 그냥 내팽개칠 수도 있다!"

희성이 갑자기 왼쪽으로 몸을 기울이면서 보겸을 내팽개치는 동작을 하자, 그는 "어어!" 하고 비명을 질렀다. 따라오던 길라랑 애플이 웃었다.

"아, 씨바, 존나 쪽팔려!"

"아이, 재수 없어. 이런 새끼를 업고 가다니!"

말은 그렇게 했으나 희성은 기분이 나쁘지 않았다. 한때는 그가 쏘아보기만 하면 가슴이 두근거리고 불안했다. 그런데 언제부턴지 몰라도 그에 대한 두려움이 느껴지지 않았다.

아무것도 없는 사막을 얼마나 걸었는지 모른다. 슬슬 희성이 지쳐갈 무렵 다시 숲이 나왔다. 그 숲은 살아 있는 나무가 하나도 없었다. 마치 영원한 겨울이 찾아온 것 같았다. 새 한 마리, 나비 한 마리 볼 수 없는 숲을 걷는다는 것이 얼마나 끔찍한 일인지, 살아 있는 것들이 없는 숲이 얼마나 공포스러운지 새삼 깨달았고, 그래서 더욱 가슴이 먹먹해질 뿐이었다.

희성은 업고 있던 보검을 내려놓았다. 보검은 오줌이 마렵다고 하면서 반쯤 꺾여 있는 거대한 느티나무 쪽으로 가다가 "이런 씨바! 수색견이다!" 하고는 재빠르게 돌멩이를 집어 숲으로 던졌다. 그와 동시에 "깨갱!" 하고 개의 비명소리가 고막을 흔들었다.

"어서 달아나!"

보검이 소리쳤다. 길라는 애플을 안고 뛰었다. 보검이도 걱정과는 달리 제법 빠르게 뛰어왔다. 그래서 희성은 안심하고 뛰다가 "아이쿠!" 하고 쓰러지는 보검의 비명소리를 들었다. 보겸이 커다란 나무뿌리 사이로 몇 번 구르더니 간신히 몸을 일으키고 있었다.

곧바로 희성은 보겸에게 와서 등을 내밀었고, 어서 업히라고 소리쳤다. 보겸은 나무뿌리 밑에 팬 웅덩이 속으로 한 발을 밀어 넣더니 희성의 등을 밀어냈다.

"난 여기 숨을 테니까, 어서 가. 여기서 꼼지락거리다가는 다 잡혀!"

"씨바야, 어서 안 업혀! 너 입만 빼고는 나보다 나은 것이 없다는 거 다 알아! 말 안 들으면 진짜 한 대 맞는다!"

그러면서 손으로 엉덩이를 툭툭 치자, 보겸이 희성의 등으로 허물어지듯이 업혔다. 보겸은 희성의 목을 휘감은 팔에다 상대가 숨이 막히도록 힘을 주었다가 풀어내면서 자꾸만 얼굴을 등에다 문질러댔다.

"유령아! 그동안 내가 그렇게 괴롭히고 그랬는데도 밉지도 않냐, 이 씹새야! 응, 밉지도 않냐고……."

희성은 보겸의 목소리가 심하게 떨리고 있음을 알 수 있었고, 그래서 깍지 낀 손에다 더욱 힘을 주었다.

보겸은 거의 혼잣말에 가깝게 읊조렸다.

"난 유령 널 처음 봤을 때부터 기분이 나빴어. 내 어릴 때 모습이랑 너무 비슷했거든. 뭔가에 겁먹은 채로 잔뜩 웅크리고 있는 모습이. 나도 너처럼 겁이 많았고, 초딩 때는 맨날 왕따

당했어. 애들한테 난 엄청 맞았어. 심지어 여자애들한테도. 넌 생손앓이가 뭔지 모르지? 그게 얼마나 아픈지? 아이들이 내 손가락을 문틈에다 넣고, 문을 힘껏 밀어댈 때의 아픔이란, 손톱이 빠질 정도로 아픔이란! 하도 아파서 4학년 땐가는 칼로 내 몸 긋고 자해도 했고. 근데 진짜 두려웠어. 아무도 날 막지 않으니까. 그래서 살아야겠다고 생각하면서 나도 모르게 욕을 하기 시작한 거야. 그러자 아이들이 날 두려워하더라고. 씨바, 그러니 점점 더 거친 욕이 나오는 것은 당연하잖아?"

그제야 희성은 보겸을 조금은 알 것 같았다. 그러니까 보겸의 입에 장착된 욕설을 비롯하여 험악한 말투는 그가 살아남기 위해서 개발한 무기나 다름없었다.

희성은 달리는 속도가 붙을수록 묘한 쾌감까지 느껴졌다. 설령 보겸을 마구 두들겨 팬다고 해도 이런 쾌감을 맛보지는 못했으리라.

신 호모데우스전

# 하찮은 개를 위해서 목숨을 바칠 이유는 없어

희성은 초등학교 때 수영장에 다녔을 뿐 그 어떤 운동도 하지 않았다. 물에다 온몸을 의지한 채 팔다리를 움직이기만 하면 되는 수영은 재미있었지만 땅에서 뛰고 던지고 굴러야 하는 운동은 그 어떤 것도 흥미롭지 않았다. 특히 하나의 공을 따라 경쟁적으로 쫓아다니는 축구를 보면 꼭 누군가의 각본대로 조종을 당하는 느낌이었고, 철봉이나 뜀틀처럼 어떤 기구를 이용하는 운동은 더욱 끔찍했다. 당연히 체육시간을 가장 싫어했다. 더구나 1, 2, 3등 그런 식으로 승부를 가르는 달리기 시합을 할 때면 출발하자마자 속도를 늦추면서 포기해버렸다.

그런 과거를 떠올리면서 희성은 뛰고 있었다. 뛰면 뛸수록 무릎관절과 발바닥에서 묘한 힘과 탄력이 생겨났다. 업고 있는 보겸의 무게도 느낄 수 없었다.

희성은 뾰족하게 솟아오른 바위 사이로 들어갔다. 비좁은 곳을 통과하자 굴은 놀라울 정도로 커졌다. 누군가 살았던 흔적을 쉽게 확인할 수 있었다.

추격대도 굴속으로 따라왔다. 걸걸한 남자의 목소리가 선무방송하듯이 울려 퍼졌다.

"김희성! 한길라! 강보겸! 난, 학교 앞에서 보았던 그 경찰 아저씨다! 내 말 잘 들어라! 너희들은 인간이야! 굳이 위험을 무릅쓰고 그 수배견을 도울 필요가 없어. 그 수배견은 실험실에서 도망친 위험한 동물이란다. 그 수배견이 갖고 있는 이동식 디스켓 안에는, 그동안 수백만 마리의 동물들을 희생시키면서 얻어낸 데이터가 저장되어 있어. 만약 그게 다른 나라 혹은 외계인들에게 넘어간다면, 상상도 할 수 없는 일이 벌어지게 된단다. 우린 그 수배견이 갖고 있는 이동식 디스켓만 필요해. 그것만 넘겨주면, 너희들은 우리가 무사히 돌아갈 수 있도록 해줄게!"

그때 길라의 품에 있던 애플이 부르르 몸을 떨었다.

"저 사람은 경찰이 아냐! 나를 실험했던 YP Cell 센터의 김치수 박사야."

"씨바, 그럼 우릴 속였네! 우리한테는 경찰이라고 했는데. 그 여자 경찰도 사기 친 거 아냐?"

보검이 손으로 얼굴을 마구 문질러대면서 침을 뱉어냈다.

그들은 마음이 급해졌다.

역시 천재 물리학자인 김 박사는 동굴에서는 작은 소리로 말해도 그 파장이 멀리 퍼진다는 원리를 잘 알고 있었고, 끊임없이 선무방송하듯이 심리전을 하면서 그들을 쫓아왔다.

갑자기 총소리가 희성의 고막을 흔들었다. 그것은 환상도 아니고 꿈도 아닌 실제 벌어지고 있는 상황이었다. 동굴 속에서 울리는 총소리는 끔찍하게도 커서 그들의 몸을 얼어붙게 하였다. 누군가 엎드리라고 소리치지 않아도 그들은 모두 엎드려서 기어가고 있었다.

"씨바, 이 새끼들 진짜 미쳤네! 이건 진짜 총이야!"

보검만 그렇게 소리칠 뿐 아무도 말을 하지 않았다.


다행히도 얼마쯤 기어가자 동굴 바깥으로 나가는 출구가 보였다. 희성은 다시 보검을 업고 달렸다. 앞서가던 길라가 잠깐 주춤했다. 구름다리가 나타났기 때문이다. 안개가 끼어 있어서 그 길이를 알 수 없었다. 그 아래도 안개 때문에 아무것도 보이지 않았다.

"악, 씨바! 이게 뭐야? 난 고소공포증이 있어서 평소에도 이런 구름다리는 건너가지 못한다구! 아이 씨바, 진짜 미치겠네!"

보검이 희성의 등에서 마구 소리쳤다. 길라도 무섭다고 하면서 희성이를 쳐다보았다. 희성이만 아무렇지도 않은 표정을 지었다.

"난 희성이 네가 이렇게 대단한 사람인 줄 몰랐어. 우리 중에서 너만 멀쩡하잖아?"

"야, 이딴 게 무슨 대단한 거라고 그러냐? 어서 가자. 망설일 시간이 없다구!"

희성은 등에 있는 보겸의 엉덩이를 받쳐든 손깍지에다 더욱 힘을 주면서 구름다리로 달려갔다. 보겸이 "아아아아!" 하고 소리쳤다. 다리는 심하게 출렁거렸다. 그럴수록 희성은 더욱 빠르게 달리다가 "아아악!" 하고 소리쳤다. 어떻게 된 것인지 모르겠지만 희성은 아래로 추락하고 있었다. 희성은 이렇게 죽는구나 하고 생각했고, 마지막으로 보겸이 가장 잘하는 욕설을 "씨바!" 하고 내뱉으면서 모든 힘을 풀어버렸다. 몸이 물속으로 떨어지는 것 같았고, 그와 동시에 의식이 끊어졌다.


희성이 눈을 뜨자마자 낯선 여자 목소리가 들렸다.

"희성아, 깨어났구나!"

눈앞에 비글인 백일홍이 앉아 있었다. 척추뼈가 산맥처럼 드리워진 머리부터 등허리에 파릇한 풀이 돋아나 있어서 놀라기는 했어도, 그것은 분명 백일홍이었다.

희성이 일어나자 동굴벽에 앉아 있던 길라가 "희성아!" 하고 불렀고, 그 옆에 있던 보검도 손을 흔들었다. 애플도 꼬리를 흔들었다.

"다른 친구들은 벌써 깨어났는데, 네가 깨어나지 않아서 걱정했어."

백일홍이 반갑게 꼬리를 치면서 따뜻한 혀로 희성의 볼을 핥아주었다.

희성이 그 개를 끌어안았다.

"백일홍! 네가 갑자기 사라져서 내가 얼마나 걱정하고 슬퍼했는지 알아? 근데 여기서 널 만나다니, 이게 현실이었으면 좋겠다!"

"나도 실험실에 있을 때 애플처럼 꿈속으로 이동하는 실험을 끊임없이 받았지만 실패했고, 결국은 몸이 약해져서 더 이상 실험에 쓰일 수가 없게 된 거야. 그런 개들은 다 안락사를 당한 다음 해부대에 오르는데, 그때도 작은 사고가 났어. 그 연구소 보조발전기에서 불이 난 거야. 드림 박스를 설치하면서 그런 일은 자주 일어났지. 드림 박스는 순간적으로 어마어마한 전력이 필요하거든. 아무튼 그런 혼란기를 틈타 기적처럼 그곳을 탈출해서 숲속을 헤매다가 산책하던 너희 할머니를 만난 거야. 할머니 덕으로 몸이 좋아졌고, 그러자 신기하게도 드림 박스를 만들고 싶어지더라고. 그래서 그 자두나무 밑을 파고 누군가의 꿈속으로 들어갈 수 있는 나만의 드림 박스를 만들었어. 그냥 내가 생각한 대로 한 건데, 놀랍게도 마법의 길이 된 거야. 할머니가 그곳을 통해 꿈속으로 이동할 때만 해도 얼마나 기뻤는지 몰라."

"그건 나도 애플한테 들어서 대충 알고 있어. 할머니가 실험견들의 부탁을 받고, 그 꿈속으로 들어가서 돌아오지 못하게 되었다는 사실도."

"그래, 맞아. 할머니가 돌아가시자 나도 우주처럼 자책감에 시달렸어. 드림 박스는 내가 만든 것이잖아? 사실 나도 죽으려고 했어. 근데 차에 치여 죽은 우주의 시신을 숲에다 묻어준 날 밤 할머니가 꿈에 나타난 거야. 할머니는 조금도 우리를 원망하지 않았어. 그저 죽을 때가 되어서 떠나는 것뿐이라고. 할머니는 아픈 할아버지가 너무너무 미웠대. 제발 좀 체념하고 죽음을 받아들였으면 좋겠는데, 살고 싶다고 하면서 온갖 몸에 좋다는 약을 다 구해달라고 했대. 요양병원도 가지 않으려고 했고, 그래서 미쳐버릴 것 같았대. 늘 할아버지가 아프다고 하니까, 곧 죽을지도 모르니까 다 들어주려고 했고, 그러다 보니 할머니의 삶이 사라져버린 것이지. 살아 있는 목숨을 진정으로 책임진다는 것은, 그가 살아온 생의 무게를 존중해주는 것이어야 하는데, 할머니는 너무 힘들다 보니 할아버지를 책임지는 척했을 뿐이지 진정으로 존중하지 않았대. 그래서 할아버지가 돌아가시자 후련할 줄 알았는데 미안해지고 우울해지더라고."

"아, 그랬구나!"

그 말을 듣자 희성은 조금은 할머니를 이해할 수 있을 것 같았다.

백일홍은 희성을 보고 한 번 더 꼬리를 흔들어주고는 다른 친구들을 보았다.

"어쨌든 할머니 때문에 그 드림 박스를 없애지 않고 그냥 둔 거야. 할머니가 그냥 두라고 했거든. 그럼 그 드림 박스를 간절히 필요로 하는 누군가가 찾아올 것이라고. 그것이 바로 애플이랑 너희들이었어."

"허걱, 말이 그렇게 되나?"

희성은 다른 친구들을 바라다보면서 약간 겸연쩍은 웃음을 보였다.

그들이 머물고 있는 곳은 강가에 있는 백일홍의 비밀 동굴이었다.

"원형극장으로 가기 위해서는 반드시 그 구름다리를 지나야해. 그러니까 수많은 신들이 이용하는 곳인데, 그것이 왜 끊어졌는지 모르겠어. 암튼 너희들은 강물에 떨어져서 실신한 상태였어. 운 좋게도 내가 그것을 발견하고 구해낸 거야."

뭔가 중요한 말을 할 것처럼 말을 끄집어내던 백일홍이 "잠깐만!" 하고는 벽에다 귀를 기울이더니 심각한 표정을 지었다.

"이건 말도 안 돼! 여기를 알아낸다는 것은 거의 불가능할 텐데, 어떻게 알아냈을까? 지금 추격대의 소리가 들리고 있어. 추격대는 모두 5명인데, 30여 마리의 비글을 거느리고 있더라고. 그중 20마리가 애플의 복제견이고, 나머지는 우주의 복제견이야. 암튼 그 비글들이 땅에서 솟구쳐올라서 하늘을 새처럼 날아다니는 걸 보니까 엄청난 에너지를 가지고 있어. 보통 개들이 아냐."

그 말에 애플은 두 눈을 살포시 감으면서 고개를 흔들었다.

"결국 나는 죽을 수도 없군. 내가 죽어도 나를 복제한 개들은 계속 태어날 테니까."

순간 침묵이 흘렀다. 아무도 애플을 위로해줄 수 없었다는 뜻이기도 했다. 희성은 이렇게 상대의 아픔을 위로해줄 수도 없는 상황이 생길 수 있다는 사실을 처음 알았다. 그래서 더욱 가슴이 아팠고, 눈을 감아버렸다.

애플의 낮은 목소리가 들렸다.

"어쨌거나 수색견들이 그렇게 하늘 높이 솟구친다면 아마도 에너지 주사를 맞았을 거야. 그걸 맞으면 평소보다 백 배 혹은 천 배 이상의 에너지를 쓸 수 있거든."

"내가 여기서 추격대의 발을 잠깐이라도 묶어둘 테니까, 너희들은 어서 가. 이 동굴을 쭉 질러가면 세 개의 굴이 나오는데, 그중 가장 왼쪽 동굴로 가야 해!"

"너 혼자 어떻게 추격대를 감당하려고?"

백일홍은 씩 웃었다. 백일홍은 신이 되어가는 중이기 때문에 걱정하지 않아도 된다고 말하며 머리에 난 풀을 흔들어보였다.

　희성은 백일홍의 등을 와락 끌어안았다. 백일홍이 고개를 돌려 긴 혀로 희성의 볼을 핥아주었다. 희성의 볼에서는 뜨거운 눈물이 흐르고 있었다.

　"넌, 내 유일한 친구였어. 저 씨바가 괴롭힐 때마다 난 너한테 와서…… 넌 인간보다 훨씬 이해심이 깊은 친구였어. 그런 친구를 뒀다는 것이 행운이고, 자랑스러워!"

　백일홍은 희성이 부르면 언제 어느 때건 항상 달려와서 놀아주었다. 그것은 늘 일방적인 희생이었고, 일방적인 배려였다.


　백일홍의 말대로 세 개의 굴이 나왔다. 가장 왼쪽에 있는 굴로 들어가려고 하니까, 그 입구가 흔들리면서 곧 허물어질 것만 같았다. 순간 모두는 서로의 얼굴을 보면서 망설였다. 애플이랑 보겸이 고개를 흔들었고, 옆에 있는 길라가 가장 오른쪽에 있는 굴을 손가락질했다. 그곳은 안으로 들어갈수록 좁아지더니 갑자기 굴이 흔들리면서 천장이 무너져내렸다. 누군가 "빨리! 빨리!" 하고 소리쳤다. 그들은 정신없이 뛰기 시작했다.

　어느 순간부터는 천장이 낮아져서 뛰는 것이 불가능했다.

　그들은 머리를 감싸고, 본능이 이끌어주는 대로 기어갔다. 앞이 보이지 않았다. 흙인지 돌인지 나무토막인지 분간할 수 없는 것이 마구 떨어졌다.

그들은 아무것도 할 수 없었다. 서로의 손을 잡을 수도 없었고, 서로를 부를 수도 없었다. 그냥 벌레처럼 기어갈 뿐이었다.

뒹굴다가 기어가기를 얼마나 되풀이했는지 모른다. 주위가 고요해졌다.

어느새 굴 밖으로 나와 있었다. 희성이 고개를 들었다. 바로 옆에, 손을 뻗으면 닿을 수 있는 거리에 애플이 쓰러져 있었다. 희성은 다른 친구들을 부르려고 하다가 얼른 엎드렸다. 누군가 이쪽으로 걸어오고 있었다. 흐릿하게 두 사람의 실루엣이 보였다.

희성은 애플을 안고 쓰러진 나무 밑으로, 더 깊은 곳으로 기어갔다.

그들은 천천히 따라왔다. 다행스럽게도 개들은 보이지 않았다.

"희성 학생! 김희성 학생!"

여자 목소리였다.

"그렇게 달아나지 않아도 돼. 모든 게 다 끝났어."

희성은 그래도 멈추지 않았다.

"한길이랑 강보겸 학생은 우리 대원들이 안전하게 보호하고 있으니까 걱정 말고, 거기 서."

길이랑 보겸이 잡혔다는 말에 희성의 다리가 급격하게 풀렸다. 그래도 희성은 멈추지 않았다. 숨이 턱까지 차서 더 이상 숨을 뱉어내기도 힘들 만큼 지쳐버렸을 때, 그 앞으로 벼랑이 나타났다. 그 벼랑 아래에는 바다인지 호수인지 알 수 없을 정도로 파란 물이 찰랑거리고 있었다.

쫓아오는 인간들의 모습이 점차 또렷해졌다. 뚱뚱한 남자는 경찰 행세를 했던 김치수 박사였고, 바로 뒤에서 따라오던 키가 큰 여자는 움직일 때마다 긴 머리가 나풀거렸다.

깨어난 애플이 부르르 몸을 떨면서 희성의 품속으로 파고들었다.

"애플! 애플! 이리 와."

김 박사가 다시 몇 번이나 애플을 불렀고, 그때마다 애플은 안간힘을 다해 으르렁거렸다.

"이놈의 개새끼! 감히 주인도 몰라보고! 인간은 배신해도, 개는 배신하지 않는 것이 너희들 피에 흐르는 유전자야! 자, 어서 이리 와!"

김 박사가 다시 부드럽게 애플을 불렀다. 애플의 눈빛은 조금도 흔들리지 않았다.

"저놈의 개새끼가 돌아버렸군! 개들이 절대 인간을 배신할 수 없도록 유전자를 개량해야겠어. 그것부터 해야겠어!"

김 박사가 그렇게 중얼거리면서 얼굴을 일그러트리자, 여자가 희성을 보고 부드럽게 말했다.

"내가 누군지 알겠지? 그러니까, 이제 안심하고. 절대 다른 생각하지 마. 박사님, 그리고 그 이야기 좀 해주세요."

여자는 들고 있던 권총을 내려놓고는 숨을 골랐다.

"난 YP 연구소에서 일하는 김치수 박사다. 실험실에서 도망친 저 배은망덕한 애플을 찾으려고 경찰 흉내를 냈다만…… 아무튼, 희성아. 넌 인간이잖아? 네가 저 하찮은 개를 위해서 목숨을 바칠 이유는 하나도 없어. 너도 잘 알잖아? 개는 개고, 인간은 인간이야! 인간이 잘 살아야 개도 행복한 거야. 자, 우리랑 같이 가자. 현실로 돌아가면 널 YP 장학생으로 선발할 것이고, 외국에 나가서 공부할 수 있도록 해줄게. 이곳이 얼마나 위험한 곳인지 모르지? 지금 넌 지칠 대로 지쳐서 이곳에서 얼마 버티기 힘들어. 곧 네 몸은 흔적도 없이 녹아버릴 거야. 자, 희성아. 우린 그 수배견이 갖고 있는 디스켓만 있으면 돼. 자, 수배견을 안고 이쪽으로 와. 어서!"

희성은 그 어떤 판단도 할 수 없었다. 그들에게 애플을 넘겨줄 수도 없었고, 뒤쪽 벼랑 아래로 뛰어내릴 수도 없었다.

그 순간 품에 있던 애플이 꼼지락거렸다.

"만약 혼자가 되어도 두려워하지 마. 눈을 감고 마음을 고요하게 하면 뭔가 부르는 소리가 들릴 거야. 그 소리를 따라가면 돼. 넌 할 수 있어. 알았지?"

"그게 무슨 소리야, 애플?"

희성이 애플을 더욱 꼭 끌어안았다.

"난, 널 절대 저 사람들한테 보내지 않을 거야!"

"내 말 명심해, 친구야!"

애플은 긴 혀로 희성의 볼을 한 번 핥더니 갑자기 볼을 살짝 깨물었다. 순간 몸이 전기충격을 받은 것처럼 찌릿해지면서 정신을 잃었다. 불과 몇 초였지만 정신을 차렸을 때는 애플이 절룩절룩 뛰어가고 있었다. 희성이 애플을 부르면서 쫓아가려고 했으나 안타깝게도 몸이 움직이질 않았다. 애플은 추격대 쪽으로 돌진하다가 갑자기 옆으로 방향을 틀었고, 심한 경사를 이용하여 온몸을 굴리고 있었다.

"애플이 달아난다! 애플! 애플! 이리 오지 못해!"

김 박사가 급하게 뛰어갔다. 아래로 굴러가던 애플이 벼랑 아래로 몸을 날렸다.

"빌어먹을! 그놈의 개새끼가 뛰어내렸어."

# 사과 목걸이의 비밀

그곳에는 희성이 혼자뿐이었다. 갑자기 몸속이 텅 비어버린 것 같았다. 희성이라는 생명체를 지탱하고 있는 살과 뼈와 온갖 장기들이 사라져버렸는지 모른다. 갑자기 그런 느낌이 들었다. 희성은 눈을 감은 채 누워버렸다.

어디선가 꿈속에서 들려오듯이 아련한 소리를 들었다. 가늘기는 해도 그 소리는 점점 또렷했다. 작은 이파리를 흔드는 바람소리 같기도 했고, 언젠가 꿈 유치원 앞을 지나가다가 들은 아이들의 해맑은 노래 같기도 했다.

희성은 저도 모르게 그 소리를 따라가고 있었다. 이파리 하나 없는 수많은 나무 사이를 지나고, 새들 울음소리 하나 없는 수많은 나무 사이로 걸어갔다.

어느 순간부턴지 비가 내리고 있었다. 부드럽고 따뜻했다. 희성은 나팔꽃처럼 입을 벌리고 그 빗물을 받아먹었다. 봄에 내리는 빗물이 신의 눈물이라고 하던 할머니의 얼굴이 떠올랐고, 자꾸만 몸 곳곳에서 뭔가 꿈틀거리는 것만 같았다.

희성은 그렇게 빗물을 받아먹으면서 걸었다.

숲에서 뭔가 거대한 실루엣이 드러나더니, 아주 커다란 원형극장이 드러났다. 오래된 성곽을 보면 돌멩이를 하나하나 재단하여 정으로 잘라낸 어떤 석공들의 집요한 땀이 느껴졌는데, 이 원형극장의 뼈와 살을 이룬 돌멩이들은 그 어떤 석공의 냄새도 나지 않았다. 도대체 저런 돌들이 어떻게 거대한 건축물의 살과 뼈가 될 수 있는지 그저 놀라울 따름이었다. 인간이 가장 좋아하는 직선의 언어를 가진 것들, 이를 테면 네모진 것! 그렇게 인위적으로 조각된 것들은 찾아볼 수 없었고, 그냥 자연스럽게 생겨먹은 것들, 길쭉하고 뾰족하거나 둥글둥글하거나 울퉁불퉁한 것들이 자기들만의 틈을 찾아서 완벽하게 벽을 이루고 있었다.

희성은 그 돌멩이를 손으로 하나씩 만지다가 누군가의 목소리를 들었다. 서너 명이 팔을 이어야만 안을 수 있을 만큼 큰 나무 뒤에서 길라가 불쑥 튀어나왔다.

희성은 길라를 보자마자 와락 끌어안았다. 그렇게 누군가를 안아본 것도 아마 처음이었으리라. 희성은 그 순간이 영원 같았다.

"희성아, 살아 있었구나!"

한참 뒤에서야 보겸이 희성의 어깨를 툭 쳤다. 그제야 희성과 길라는 놀라면서 서로를 밀어냈다. 희성은 어색하게 보겸의 손을 잡았다.

"난 너희들이 추격대에게 잡힌 줄 알았어. 그 여자 경찰이 그렇게 말했거든."

보겸은 그게 무슨 말이냐고 물었고, 희성은 그동안 있었던 일들을 대충 들려주었다. 애플이 벼랑에서 뛰어내렸다는 말을 하는 순간 길라랑 보겸은 탄식하면서 슬픈 표정을 지었다.

"널 살리려고 애플이 그런 선택을 했구나! 추격대는 애플만 잡으려고 했어. 사실 우리도 추격대에 포위되었거든. 근데 그들은 애플이 없다는 것을 알자 그냥 다른 곳으로 가버렸어. 그들은 애초부터 우리한테는 관심이 없었어."

길라는 거기까지 말을 하고는 희성을 유심히 쳐다보았다.

"있잖아, 희성아. 네 몸이 이상해. 네 몸에서 순식간에 나무 이파리가 돋아나고 있어. 어떻게 이럴 수 있는지는 모르겠지만, 네 머리카락이 꼭 아까시 나무 이파리처럼……."

그 말을 듣자마자 희성은 머리카락을 만졌다. 가느다란 실처럼 늘어져 있던 머리카락이 나무 이파리처럼 치렁치렁 늘어져 있었다.

　　　　　　　　　　　　　　　　　신 호모데우스전

"믿어지지 않아. 이건 진짜 나무 이파리야!"

희성은 당황하면서 친구들 머리카락을 손가락질했다.

"니들도 그래! 니들 머리카락도 다 나무 이파리로 변해버렸어. 이게 어떻게 된 거지?"

길라랑 보겸은 서로를 보고 놀라다가 자신들의 머리카락을 만졌다. 보겸의 머리카락은 공작단풍나무 잎처럼 늘어져 있었고, 길라의 머리카락은 버들잎처럼 가늘고 길쭉길쭉했다. 그렇게 머리카락이 가장 먼저 변하고, 그다음에는 몸에서 작은 가지들이 돋아났다.

"이건 진짜 말도 안 돼! 우리의 몸에서 나뭇가지가 마구 돋아나고 있어."

"씨바, 우리가 나무로 변해가나 봐. 이것 봐, 가지가 옷을 뚫고 나오고, 내 바지랑 운동화를 뚫고 나오는 것 봐. 근데 옷이랑 운동화가 전혀 찢어진 것 같지 않아. 마치 옷이랑 운동화가 내 살 같아."

"불편하지도 않아. 오히려 몸이 더 가벼워지고, 이상하게도 머리가 맑아지는 것 같아."

희성은 두 팔을 하늘로 뻗어 올리면서 입을 벌리고 다시 빗물을 받아먹었다.

길라도 입을 벌려 빗물을 받아먹으면서 말했다.

"나도 원래 이런 생명체였던 것처럼 편해. 이런 기분 뭐지?

진짜 하늘을 날 것도 같다는 생각까지 드네. 진짜 머리는 맑아지고, 몸은 가벼워지고."

"씨바! 나도 그런데! 이젠 숨도 안 차고, 다리도 아프지 않아! 난 키가 작아서 늘 그게 콤플렉스였는데, 나무처럼 쭉쭉 자랐으면 좋겠다!"

보겸은 자기 몸에서 돋아나는 나뭇잎을 만져보기도 하고, 그 파릇한 것을 뜯어서 냄새를 맡아보기도 하고, 씹어보기도 했다.

희성의 발에는 잔가지들이 제법 빽빽하게 돋아나 있었다. 이제는 하얀 운동화가 보이지 않을 정도였다.

원형극장 안으로 들어가는 문이 보였다. 돌이 퍼즐처럼 맞춰진 문이었고, 두 개의 돌기둥이 양쪽으로 솟아 있었다. 멀리서 보면 그 돌문을 가득 채운 돌과 돌의 연결성이 연속적인 띠처럼 보이기도 하여, 이 세계에 흐르는 신화적인 노래를 표기하는 악보 같다는 느낌이 들기도 했다. 그 안에는 안개 때문에 아무것도 보이지 않았으며, 은은하면서도 깊은 울림만이 가득했다. 그 울림으로 그 안에 그들이 상상할 수 없는 어떤 존재들이 모여 있다는 것을 예측할 수 있었다. 그들은 망설였다. 애플도 없고, 디스켓도 없기 때문이다.

"그래도 가자. 선택의 여지가 없잖아?"

누가 그렇게 말했는지 모른다.

그들은 문으로 들어갔다. 몇 개의 계단을 올라가자 밖에서는 보이지 않았던 작은 냇물이 흐르고 있었다. 그들은 냇물을 따라갔다. 빗물이 흙에 닿아 피어 올리는 비린내, 빗물이 풀잎에 닿아 피어 올리는 온갖 비린내가 코를 찌른다. 살이 오른 푸른 이끼옷을 입은 돌들이 굴러다니고, 알록달록한 새들이 날아오더니 그들의 몸에 돋아난 가지에 앉았다.

그들이 걸어가도 새들은 전혀 놀라지 않았다.

"씨바, 평생 이렇게 살았으면 좋겠다!"

희성도 그렇게 생각하고 있었다. 몸에서 온갖 나무들이 돋아나고, 온갖 아름다운 꽃들이 피어나고, 온갖 나비와 벌들이 찾아오고, 온갖 새들이 날아온다면 얼마나 좋을까. 희성은 어깨로 날아온 노란 새를 보면서 '새하고 이렇게 가깝게 눈을 마주친 적이 있었나?' 하고 자기 자신에게 물었다.

새도 희성의 눈을 몇 번이나 쳐다보았다.

바람에 묻어오는 빗물의 싱그러움이 온몸을 때릴 때마다 묘한 쾌감을 느꼈다. 냇물이 점점 그 폭이 좁아질 즈음 꿈 유치원 아이들이 허밍으로 노래하는 듯한 그 천상의 소리가 온몸으로 스며들었다. 그들이 물을 따라 올라간 언덕은 원형극장의 무대 위였다.

무슨 주문 같기도 한 그 울림이 그들의 몸으로 흘러들었다.

"헐, 이게 뭐지?"

보겸이 뒤돌아보았다. 보겸의 등에 난 가지에 앉아 있던 새들이 날아갔다.

"니들도 보여?"

길라가 고개를 끄덕였다. 희성도 마찬가지였다.

흐릿하기는 해도 원형극장이 눈에 들어왔다. 그 안에는 '생명체'라고 표현하기에도 어색한, 옛 이야기 속 요괴들이라고 표현해야 적당할 만큼 이상한 것들이 가득 차 있었다. 식물과 동물을 비롯하여 바윗덩어리나 흙과 그리고 물처럼 이 세상에 존재하는 모든 것들이 자연스럽게 뒤엉켜 있는 듯한 모습이랄까. 간혹 인간의 형체를 하고 있는 것들도 보였다.

풀밭인 무대 위에는 돌로 된 의자가 몇 개 있었다. 그 뒤에서 호랑이 얼굴을 한 것이 걸어오는데, 다리는 노래기처럼 달려 있었다. 호랑이 머리에는 가지가 많은 나무가 자라고 있었다. 가지마다 동글동글하게 생긴 작은 열매들이 가득 달려 있었다.

"환영합니다! 어린 나무 신들을 환영합니다!"

분명히 그들은 그렇게 소리치고 있었다. 그것을 텔레파시라고 해야 할까. 뭐라고 해야 할까. 그들은 여전히 허밍으로 노래하듯이 소리치고 있었고, 희성의 뇌에서 그렇게 해독되었다.

호랑이 머리에 나무가 있는 생명체가 자신이 이곳 세계를 대표하는 신의 재판장이라고 소개했다. 신의 재판장은 여자였다. 허스키하고 매력적인 음색이었다. 그제야 희성은, 이곳에

서는 굳이 입으로 말하지 않고 생각만 해도 서로 의사소통을
할 수 있다는 것을 알았다.

"진심으로 당신들을 존경합니다."

"우리를 존경한다니! 이게 무슨 말이야?"

"쉿! 조용히 해 봐."

길라가 보겸의 어깨에 돋아난 나뭇가지를 툭 치면서 물었다.

"저희는 너무 당황스러우니 설명 좀 해주십시오. 우린 원래
애플이라는 개와 함께……."

"다 알고 있으니, 구구절절 설명하지 않아도 됩니다. 애플은
지금 우리 신들이 구조작업을 하고 있으니까, 무사할 겁니다."

신의 재판장은 잠깐 말을 멈추었다가 훨씬 부드러운 목소리
로 말을 이었다.

"언제부턴지 이곳에서는 새로운 생명이 태어나질 않고 있습
니다. 나무와 풀씨들이 움트지 않았고, 다른 동물들도 새로운
생명을 탄생시키지 못하니 이곳은 죽어가고 있는 셈이지요. 우
린 살아 있는 것들을 이곳으로 이동시키고, 이 세계를 어떻게
해서든 부활시키려고 날마다 신들이 모여서 회의를 하고 있지
만 아직까지도 그 방법을 찾지 못하고 있습니다."

그것은 알 듯 모를 듯한 이야기였고, 그들이 이해하기에는
너무 다른 세상이었다.

"그런데 왜 우리를 존경한다고 하는 거죠?"

이번에는 희성이 물었다. 신의 재판장은 여전히 그 자리에서 말했다.

"당신들이 나무신이기 때문입니다. 우린 나무신을 어머니신이라고 하여 최고의 신으로 모십니다. 나무뿌리와 줄기는 어둠과 밝음을 동시에 받아들이면서 살아가니까, 어느 한 곳에 치우치지 않습니다. 또한 나무는 유일하게 신의 언어를 해독하는 존재입니다. 당신들이 살고 있는 세상에 있는 나무들도 신의 언어를 알아듣는 유일한 존재지요. 바람의 언어, 햇볕의 언어, 달빛의 언어, 그렇게 모든 것들의 언어를 알아듣고, 다른 생명체들이 살아갈 수 있도록 해줍니다. 그래서 우리가 가장 존경하는 신입니다. 그중에서 어린 신을 더 존경합니다. 그분들은 우리의 미래이기 때문입니다. 아무나 나무신이 될 수 없습니다. 여기 모인 신들이 다 나무신이 되고 싶어 하는데도, 저처럼 일부만 나무가 되거나 할 뿐 아직까지 완벽한 나무신이 되지 못했습니다. 당신들 몸에서는 발끝에서 머리끝까지 나뭇가지가 돋아나고 있잖습니까? 나무신이 되어가고 있다는 뜻입니다. 우린 당신들을 존경하고 따르겠습니다."

신의 재판장은 머리에 있는 가지에서 동그란 열매를 따서 그들에게 하나씩 주었다.

희성은 몇 번을 망설이다가 입에 넣고 한입 씹었다. 딸기 맛이 났다. 그 생명체는 그것이 딸기고욤이라고 하면서, 그걸 먹으면 이곳 시간으로 1년을 버틸 수 있다고 했다.

"어린 나무신들의 눈에는 우리가 이상하게 보일 수도 있지만 원래 신들은 이렇게 생겼습니다. 인간 세상에 알려진 신들의 모습은 다분히 인간중심적이고, 그래서 왜곡되어 있지요. 마치 세상의 중심이 인간이었던 것처럼 모든 신들의 모습도 다 인간의 형상을 하고 있어요. 인간이 세상에 생겨난 것이 다 그럴 만한 사연이 있듯이, 다른 모든 동물들도 다 그럴 만한 사연이 있으며, 인간하고 똑같은 생명의 무게를 가지고 있습니다. 그러니까 인간은 결코 특별하지 않으며, 수많은 생명체들 중에서 하나일 뿐입니다. 어쩌면 당신들은, 당신들도 모르는 사이에 그런 진실을 깨달았을지도 모릅니다. 그래서 나무신이 된 것입니다."

여전히 잘 이해할 수 없었다. 희성은 그런 생각을 한 번도 해본 적이 없었기 때문이다. 그래도 뭔가 뿌듯해지는 느낌이 들었다. 길라랑 보겸을 슬쩍 보았더니 조금 전보다 몸에서 난 가지들이 더 풍성해지고 있었다. 이제는 그들이 어떤 옷을 입고 있는지 알 수가 없었다. 그들의 몸은 온통 파란 잎으로 덮여 있었다.

신의 재판장은 원형극장에 가득 찬 신들에게 말했다.

"자, 그럼 저 어린 나무신들이 왜 여기까지 죽음을 무릅쓰고 찾아왔는지, 직접 들어보기로 하지요."

그 말을 듣자마자 보겸이 길라를 보았다. 길라가 당황하면서 희성을 보고는 어떻게 하냐고 물었다. 애플은 사라졌고, 디스켓도 없다. 길라가 희성을 보면서 네가 대표로 말을 하라는 듯이 턱짓했다. 보겸도 동조했다. 희성은 머릿속이 캄캄해졌다.

그것도 모르고 신의 재판장이 희성을 앞으로 불러냈다.

희성은 얼떨떨한 표정을 지으며 억지로 몇 걸음 나아갔다.

"아, 목걸이에다 하고 싶은 말을 담아오셨군요!"

무대 뒤쪽으로 납작하고 길쭉하게 생긴 거대한 돌이 솟아오르고 있었다. 원형극장에 앉아 있던 신들이 웅성거리다 조용해졌다.

신의 재판장이 희성의 가슴을 빤히 쳐다보면서 뭐라고 중얼거렸다. 그러자 갑자기 희성의 가슴에서 노란 빛이 뿜어져 나왔다. 희성은 깜짝 놀랐다. 희성의 가슴에는 크고 작은 가지들이 돋아나서 파랗게 덮여 있었고, 그 틈으로 작은 사과 목걸이가 빛을 뿜어내고 있었다.

그것은 애플이 처음 만났을 때 준 선물이다. 그 목걸이가 이동식 디스켓이었다니, 도무지 애플의 마음을 알 수가 없었다. 그렇다면 애플은 2개의 이동식 디스켓을 가지고 있었고, 만약의 사태를 대비하여 목걸이처럼 생긴 것을 희성한테 주었다는 뜻이다.

희성의 목걸이에서 발사된 빛은 아주 또렷해졌다. 애플이 갖고 있던 디스켓은 파일마다 잠금장치가 되어 있다고 했는데, 〈YP 불법동물실험 10〉이라는 폴더는 쉽게 열렸다. 그걸 보면 잠금장치가 아예 없는 건지, 아니면 이곳에서는 그런 장치가 무용지물인지 알 수가 없었다. 동영상이었다.

하얀 옷을 입은 연구원들이 비글을 데리고 연구실 안으로 들어왔다. 모두 15마리였다. 연구원들은 비글에게 무슨 주사약을 투여했다. 잠시 뒤 그중 5마리가 비실거렸는데, 세 마리는 이내 쓰러지더니 거품을 물고 몸을 바르르 떨었다. 그러자 연구원들이 또 다른 주사를 놓았다. 그중 2마리는 더 이상 움직이지 않았고, 나머지 3마리는 부들부들 떨면서 피를 토했다.

원형극장에 앉아 있던 신들이 웅성거리기 시작했다.

"대체 저게 뭐하는 짓이야!"

"복제한 개들에게 온갖 약물을 주입한 다음 꿈속으로 이동시켜서 어떤 현상이 일어나는지 실험하는 것 같군요! 근데 개들이 피를 토하고 고통스럽게 몸부림치잖아요."

그러고 보니 그 개들은 죄다 애플을 닮아 있었다. 만약 애플이 그것을 본다면 얼마나 비참하고 가슴이 아플까? 희성은 순간적으로 이 자리에 애플이 없는 것이 오히려 다행이라고 중얼거렸다.

"저것은 인간들이 더 젊어지는 약을 개발하기 위해서 하는 실험인데, 왜 개들을 동원하는 거지요? 자기네들이 직접 하면 되잖아요!"

"아주 오랜 옛날부터 인간들이 저렇게 해왔잖아요! 만만한 게 동물들이라고요! 인간들에게 동물이란 노예나 다름없어요!"

"저렇게 마구잡이로 동물생체실험을 하다가 치명적인 변종 바이러스 같은 것이 생겨서 인간에게 옮기게 되면, 그때는 걷잡을 수 없는 사태가 벌어지게 될 겁니다. 인간은 지나치게 과학의 힘을 맹신하고 있지만, 그것이 얼마나 위험한 생각인지 머잖아 깨달을 것입니다. 아니, 어쩌면 그렇게 된다고 해도 깨닫지 못할 수도 있어요. 그만큼 인간이란 어리석은 동물이기 때문입니다."

또 다른 비글 15마리가 들어와서 주사를 맞았다. 역시 애플이랑 똑같이 생긴 복제견들이었다. 통제할 수 있도록 각종 장치가 부착한 개들이 3개의 드림 박스 안으로 분산되어 들어갔다. 바깥에서 전원 스위치를 눌렀다. 위쪽에서 헬기의 프로펠러 같은 것이 돌아가고, 삽시간에 드림 박스 안은 흐릿해졌다. 한참 뒤에 요란하게 삐삐 하는 소리가 났다. 동영상은 더 이상 이어지지 않았고, 고딕체로 정리된 글이 나왔다.

이날 실험에 동원된 복제견들은 모두 8마리. 드림 박스의 전원을 올리자 에러가 났고, 결국 그 안에 있던 8마리 모두 피를 토하며 사망. 급히 해부 실험 및 혈액검사를 했으나 뚜렷한 원인을 찾아내지 못함. 벌써 한 달간

이런 식으로 죽어간 복제견이 80여 마리에 이르고, 돼지도 50여 마리나 죽어감. 김 박사님은 각종 약물(지구상에서 가장 오래 사는 동물, 가장 오래 산 사람들을 연구해서 만들어낸 것들인데, 어떻게 그런 약물이 만들어졌는지는 비밀이라 알 수 없음)을 투여하여 실험하고 있지만 아직 성과가 없음. 김 박사는 요행이나 기적을 바라는 듯함. 이미 현실에서는 그런 약물실험 결과가 좋지 않았고, 그래서 꿈속에서의 실험에다 모든 것을 걸고 있는 듯함. 단 한 마리라도 좋은 결과가 나오면, 그 동물을 복제한 다음 늙지 않고 젊어지는 약을 개발하겠다는 것인데, 그 끝이 보이지 않음.

원형극장에 있는 신들이 다시 웅성거리자 신의 재판장이 조용히 해달라고 하였다.

이번에는 〈YP 불법동물실험 78〉이라는 폴더가 열렸다. 동영상이나 글자는 나오지 않았고, 여러 사람의 목소리가 시끄럽게 들렸다.

"이번에 실시하는 실험은 우리 연구에 분수령이 될 수 있습니다. 그러니 S(Subject of experiment, 실험대상자의 약자)가 아주 중요합니다."

"그건 걱정 마십시오. 업체에서 원하는 대로, 맞춤형 S들을 공급하고 있습니다. 돈만 준다면 실험에 참여하려고 하는 S들이 줄을 선 상태라고 합니다. 지금 화장품 회사들이 주로 이용하는 젊은 여학생들도 돈만 주면 아무 어려움이 없답니다. 여

학생들 사이에서 화장품 인체실험은 최고의 알바로 소문나 있
거든요. 가서 화장품을 바르고 채혈만 하고 오면 되니까, 간단
하잖아요?”

“하여튼 요새는 젊은 것들이 더 돈을 밝힌다니깐! 그럼 아주
어린 S들도 가능한가요?”

“예, 아이들뿐만 아니라 돈만 주면 외계인도 가능하다고 했
답니다, 허허허!”

역시 동영상이 사라지고 고딕으로 된 글자가 나타났다.

> YP 그룹 임원들하고 미팅을 하고 올 때마다 김 박사님의 눈빛이 무서워
> 진다. 박사님 말처럼 우리는 이제 물러날 데가 없다. 지금이라도 불가능
> 하다고 하는 것이 옳지만 그러기에는 너무 멀리 와버렸는지 모른다. 김
> 박사님의 입에서 인체실험이라는 말이 나왔다. 드디어 올 것이 왔다. 아
> 아, 이건 말도 안 돼! 동물들이야 수천 마리가 사라져도 누군가 문제 제
> 기를 하지 않지만, 사람은 다르다. 더구나 우리가 실험하는 약은 꿈속에
> 서 어떤 반응을 일으킬지 안전에 대한 아무런 검증이 되지 않았다. 아,
> 두렵다.

원형극장에서 신들의 목소리가 크게 들렸다.

“하하, 드디어 인간을 상대로 직접 실험하나 보군요!”

“난 저렇게 해야 한다고 생각해요. 그래야지, 죄 없는 다른

동물들을 고통스럽게 실험한다는 것은 말도 안 돼요! 자기들 일이니까, 자기들이 고통을 당하고 그래야지요!"

"그래도 그게 옳은 것은 아니잖아요!"

"어차피 인간들의 욕망은 아무도 막을 수 없어요!"

〈YP 불법동물실험 99〉 폴더가 열리자 신들의 목소리는 잦아들었다. 동영상이 열렸다. 하얀 옷을 입은 남자의 목소리가 들렸다.

"다시 말씀드리지만 이 꿈견들은 꿈속을 무사히 다녀온 개를 복제한 개인데, 안전하게 꿈속을 다닐 수가 있습니다. 이 꿈견하고 같이 있으면 아주 안전합니다."

그런 말이 들리고, 드림 박스로 들어가는 사람들이 보였다. 대다수가 50에서 60대 정도의 남자들이었고, 여자들도 서너 명 보였다.

영상이 끊어졌다가 다시 가동되었다. 동그란 드림 박스의 문이 흐릿해지면서 꿈속에서 돌아온 사람들이 나타났는데, 얼굴이 파충류처럼 쭈글쭈글해져 있었다. 모두 3명이었다. 그들은 마구 토악질하면서 쓰러졌다. 그리고 화면이 흐려졌다.

복제견과 함께 인체실험 강행. 약을 복용하고 꿈속으로 이동한 10명 중, 6명 귀환. 3명은 외형을 알아볼 수 없을 정도로 변해 있고, 나머지 3명도 얼굴에 붉은 반점이 심하게 돋아남. 급히 응급치료를 받던 중 두 사람은

1시간 만에 사망. 나머지도 탈수증, 저체온증으로 시달리고 있음. 2명은 꿈속에서 사망하고, 나머지 2명은 귀환하지 않음. 돌아오면 죽는다는 것을 알고, 계속 돌아오라는 명령을 거부하고 있음. 신기하게도 꿈속에서 남아 있는 사람들은 투명인간이 되어가고 있음. 김 박사님은 투명인간에 대한 획기적인 연구를 할 수도 있다면서 계속 그들에게 돌아오라고 하고 있지만, 그들은 김 박사님의 명령을 계속 거부하고 있음. 복제견들은 단한 마리도 돌아오지 않았음.

신들이 다시 큰소리로 떠들어댔으나 〈YP 불법동물실험 100〉이라는 폴더가 열렸다. 피자를 먹으면서 환하게 웃고 있는 어린아이들이 보였다. 모두 5명이었다. 여자아이가 3명이나 있었다. 하얀 옷을 입은 연구원들이 들어와서 뭐라고 말을 하다가 동영상은 끊어졌다.

아아, 우리는 다 미쳐버렸다. 내가 여기에 왜 있는지, 뭘 하고 있는지, 부끄럽고 저주스럽다! 내가 왜 과학자가 되고자 했을까? 아아아, 오늘 드림박스 안에서 얼굴이 쭈글쭈글해진 채 죽어가는 아이들을 보았다.

"저, 저, 저런 미친 놈들이 있나!"
희성은 길라랑 보겸을 보면서 무슨 말을 하려다가 신들의 분노하는 말을 듣고는 그만 입을 다물어버렸다. 신들이 자신의 마음을 대신 표현해주는 것 같았다.

"어떻게 어린아이들까지 저렇게 한단 말인가?"

"살아 있는 생명체가 늙지 않고 젊어진다는 것이 가능할 것이라는 발상 자체가 너무도 황당하고 기가 차네요! 늙어간다는 것은 살아 있다는 것인데……."

"과학자라는 것들이 그런 발상을 하다니, 결국 인조인간이 되겠다는 뜻인가!"

보겸은 그저 고개를 흔들기만 할 뿐, 이제는 그 입 안에 가득 찬 욕설을 하나도 뱉어내지 못했다. 그만큼 충격적이었다. 길라는 눈을 감고서 계속 혼자 중얼거렸다. 희성은 부르르 몸을 떨고만 있었다. 몸도 굳어지는 것 같았다.

# 원형극장이 무너져내리다

신의 재판장이 무대 앞으로 나왔다.

"너무나도 충격적인 내용이라 더 이상 보지 않도록 하겠습니다."

신들도 그렇게 하자고 소리쳤다. 희성도 더 이상 디스켓에 무엇이 저장되어 있을지 궁금하지 않았다. 지금까지 본 것만 해도 감당할 수 없을 만큼 충격적이었다. 희성은 사과 목걸이를 신의 재판장에게 주었다.

"애플의 뜻에 따라 이것을 신들에게 맡기겠습니다."

신의 재판장은 그것을 받아서 냇물이 흐르는 무대 아래쪽으로 사라졌다가 나타나더니 희성한테 그 목걸이를 주었다.

"그 속에 들어 있는 모든 내용을 다른 곳에다 옮겨놓았고, 이제 이것은 단순한 목걸이일 뿐입니다. 우리는 그 내용들은 다시 들여다보고, 어떻게 할지 의논해서 어린 나무신들이 실망하지 않도록 하겠습니다. 당신들은 아까 인간생체실험을 하는 것을 보고 크게 놀랐겠지만, 우리 신들은 인간과 다른 동물들에게 행해진 불법실험을 똑같은 무게로 생각할 것입니다. 아니, 이것은 인간들이 저지른 불법행위이기 때문에 인간생체실험보다 다른 동물들 생체실험을 더 비중 있게 볼 것입니다. 수천 년 전부터 인간은 신의 뜻을 왜곡하여 자신들이 세상의 근원이라고 하고, 신이 인간에게 다른 생명체들을 맘대로 지배할 수 있는 권리를 준 것처럼 말했습니다. 단언하건대 그 어떤 신도 인간에게 다른 동물을 차별하고 맘대로 죽여도 된다고 말하지 않았습니다. 그것은 인간이 신의 뜻을 잘못 해석했거나 자신들의 잘못된 생각을 감추기 위해서 신의 뜻을 고의적으로 왜곡한 것이지요. 만약 신이 인간에게 다른 생명체들을 노예처럼, 물건처럼 대해도 좋다고 했다면 그것은 악마지 신이 아닙니다. 그건 확실합니다. 즉, 그 어떤 인간도 살아 있는 동물을 함부로 실험대상으로 삼을 수 없다는 뜻입니다.”

희성을 비롯하여 두 친구들은 아무런 말도 하지 못했다.


원형극장에 모여 있던 신들이 자신의 몸에 난 여러 가지 열매들을 따서 작은 바구니에 담아 앞으로 보냈다. 신들은 어린 나무신들에게 다시금 고맙고 존경한다는 말을 허밍으로 노래하듯이 보내왔다. 그 열매를 충분히 먹어야만 이곳 세상을 무사히 빠져나갈 수 있다고 하였다.

신들이 준 열매는 거의 대부분 먹어본 맛이었다. 초콜릿 맛, 망고 맛, 자두 맛, 치즈 맛, 메론 맛, 바나나 맛 등 다양했다. 열매는 입안에 들어가자마자 아이스크림처럼 스르르 녹았다.

희성은 평소 과일을 별로 좋아하지 않았다. 보겸과 길라도 마찬가지라고 하면서, 이건 먹을수록 입맛을 당기는 마법 같은 맛이라고 좋아했다. 그러다가 희성은 길라의 팔꿈치에 돋아난 잔가지 끝에 체리 모양의 열매가 달려 있는 것을 보았다. 보겸의 등에는 빽빽하게 잔가지들이 돋아나 있었고, 거기에는 특이하게도 세모진 열매들이 달려 있었다. 희성의 어깻죽지에는 별처럼 생긴 열매가 주렁주렁 달려 있었다.

몇몇 신들이 다가와서 그들의 몸에 달린 열매를 땄다. 그들의 몸에서 수확된 열매는 세 개의 바구니에 가득 찼다.

"어린 나무신들의 씨앗은 죽어가는 대지에 새로운 생명의 기운을 만들어낼 것입니다."

희성은 신들이 하는 말을 믿을 수가 없었지만, 그렇게 될 수만 있다면 얼마나 좋을까 하고 중얼거렸다.

그들은 신들의 배웅을 받으면서 냇물을 따라 내려갔다. 어디선가 새들이 날아와서 몸에 앉았다. 새들은 그들의 몸에 난 열매를 따먹었다. 그러다가 갑자기 새들이 "인간들이 쳐들어온다!" 하고 소리치면서 날아갔다. 숲속에서 "쾅!" 하고 폭발음이 들렸고, 그와 동시에 요란하게 총소리가 나기 시작했다. 직립하여 중심을 잡을 수 없을 정도로 땅이 흔들렸고, 수십 마리의 비글들이 원형극장 안으로 뛰어들었다. 삽시간에 원형극장은 아수라장으로 변했다. 개들은 작은 동물을 사냥하듯이 신들을 물어서 팽개쳤다. 신들의 몸은 썩은 나무처럼 부서지면서 흙가루로 사라졌다.

어디선가 연기가 솟았고, 원형극장이 무너져내렸다. 헤아릴 수 없는 돌멩이들이 서로의 살과 살을 맞대고 한없이 불편해 보이는 존재적인 한계를 극복하면서 그렇게 살아왔는데, 어느 순간부턴지 동요하면서 서로의 살과 살을 급하게 밀어내고 있었다. 무너져내린 돌멩이들은 그 원형을 찾아볼 수 없을 정도로 다시금 작은 흙가루로 해체되었다.

개들은 엄청난 탄력으로 땅을 박차고 솟구쳐 올라서 하늘로 달아나는 신들을 물어뜯었다. 총을 든 인간들은 더 이상 사격을 하지 않고 마치 게임을 즐기듯이 그런 풍경을 바라다보고만 있었다. 신들은 속수무책으로 당했다.

그곳에는 신의 재판장만 남아 있었다.
멀리서 보면 한 마리의 곰을 연상시키는 사람이 무너진 원

형극장으로 어기적어기적 걸어온다. 김 박사였다. 서너 걸음
뒤에는 키가 호리호리한 여자와 건장한 체격의 남자 셋이 따라
왔다. 수십 마리의 비글이 그들을 호위했다.

신의 재판장이 그들 앞으로 걸어갔다.

"그대들이 지금 무슨 짓을 했는지 아는가? 여기는 꿈을 관장
하는 신의 재판국이다. 이곳이 파괴되면 이 세상 모든 생명체
들이 더 이상 꿈을 꿀 수 없다는 사실을 아는가?"

김 박사는 알아볼 수 없을 정도로 얼굴이 달라져 있었다. 엄
청나게 커진 귀가 가장 먼저 보였고, 길쭉하면서도 희멀겋고
쭈글쭈글하고 거대한 얼굴이 파리하게 빛났고, 뭉툭한 코 위에
는 사금파리 조각이 박혀 있는 듯했고, 말을 할 때마다 입에서
가시가 튀어나오는 것 같았다.

"인간이 살아가는 데 꿈 따위는 필요하지 않소. 그러니 협
박할 생각은 말고, 어서 그 디스켓이나 내놓으시오. 만약 내놓
지 않으면, 여기 있는 신들은 무사하지 못할 것이오. 내가 복제
한 꿈견들이 이곳에서 이렇게 강력한 전사로 돌변할 줄은 몰랐
소! 꿈견들이 이곳을 다스려도 되겠다는 생각이 들 정도로!"

"이노옴, 참으로 무례하구나! 그 디스켓은 돌려줄 수 없고,
반드시 인간 세상에다 폭로할 것이다!"

신의 재판장이 단호하게 머리를 흔들었다. 그러자 김 박사
가 뭐라고 소리쳤고, 개들이 미사일이 발사되듯이 솟구쳐오르

　　　　　　　　　　　　　　　　신 호모데우스전

면서 신의 재판장을 향해 날아갔다. 신의 재판장은 고양이처럼 작아지더니 자기 몸에 달린 열매를 따서 비글한테 던졌다. 그 열매는 허공에서 신의 재판장을 덮치듯이 내려오던 비글의 입 속으로 빨려들었다. 땅으로 내려온 비글은 고통스럽게 굴러다니다가 작은 나무로 변했다.

김 박사가 권총을 뽑아 발사했다. 이제야말로 끝장을 내겠다는 기세였다. 신의 재판장은 참새처럼 더 작아지면서 개들을 피했고, 하늘에는 어디론가 사라졌던 수많은 신들이 날아왔다. 모두 새들처럼 작았다.

숨어서 그 장면을 보고 있던 보겸은 이것이 인간과 신들의 전쟁이라고 소리쳤다. 게임 속에서 보던 것을 실제로 보게 되었다고 하면서, 거대한 통나무 사이로 얼굴을 내밀고는 재밌는 구경거리를 보듯이 쳐다보았다.

김 박사와 여자는 권총으로 응수했고, 나머지 3명의 남자는 망원렌즈가 장착된 자동소총으로 마구 쏘아댔다. 처음에는 허공으로 솟구친 개와 신들이 뒤엉켜서 제대로 사격을 하지 못했는데, 점차 개들이 밀리자 그들은 마구 허공에다 총을 발사했다.

신들은 순간순간 몸의 크기를 변화시키면서 열매를 던졌다. 개들은 신들이 던진 열매를 먹으면 안 된다는 것을 알았고 그래서 입을 꽉 다물었지만, 개들은 입을 통해 열을 발산하기 때

원형극장이 무너져내리다

문에 어쩔 수 없이 입을 열어야 했다. 인간들에게도 열매를 던 졌는데, 그것이 인간의 얼굴에서 터지면 그들 역시 고통스럽게 뒹굴다가 나무로 변해갔다. 자동소총으로 무장한 인간들은 나무로 변해갈 때마다 괴물처럼 울부짖었다.

안개가 주위를 점점 더 어둡게 하였다. 신들은 자기복제를 하듯이 더 늘어났고, 그런 만큼 추격대는 줄어들었다.

여자 경찰은 아주 민첩하게 움직였다. 얼마나 뛰어난 경찰인지 알 수 있었다. 여자 경찰은 하늘에서 날아오는 신들을 향해 정확하게 총을 발사했다. 그래도 신들은 계속 늘어났고, 그들이 무너진 원형극장 뒤쪽 숲으로 달아났다. 이제 김 박사와 여자 경찰 그리고 애플이랑 똑같이 생긴 한 마리의 비글만 남았다.

다시 원래 모습으로 돌아온 신의 재판장이 희성이 숨어 있는 나무 밑으로 다가왔다.

"저들은 머잖아서 잡힐 것입니다. 이제 어린 나무신들은 당신들 세상으로 돌아가야 하는데…… 안타깝게도 우리는 나가는 문을 찾을 수가 없게 되었습니다."

보겸이 그게 무슨 말이냐고 물었다. 희성도 긴장하면서 그 신을 올려다보았다. 신의 재판장은 발에 밟히는 붉은 흙을 한 동안 바라다보다가 입을 열었다.

"원형극장은 이곳 세상을 통제하고 유지시키는 힘을 가지고 있었으나 그것이 무너져버렸으니, 이제 이곳은 무척 혼란스러울 것입니다. 어떤 자연의 변화가 올지, 어떤 시간의 흐름이 올지, 그건 알 수 없습니다. 그런 혼란이 시작되어서 꿈속으로 나가는 문을 찾을 수 없게 된 것입니다."

"그럼 우린 어떻게 되는 겁니까?"

희성이 말했다. 신의 재판장은 그 소리를 못 들은 척 돌아서서 천천히 걸어갔다. 그러다가 슬그머니 그들을 뒤돌아보았다.

"하아, 도와주지 못해서 참으로 죄송하고, 그저 안타까울 따름입니다. 이제는 당신들은 스스로 이곳에서 나가는 문을 찾아야 합니다. 당신들은 꼭 해낼 수 있다고 믿습니다!"

"뭐야, 씨바! 아무것도 도와주지 않으면서 믿는다니…… 난 저따구 것들이 가장 싫어!"

보겸이 버럭 화를 냈다.

"난 돌아가고 싶다구! 나가서 인간으로 한번 제대로 살아보구 싶다구! 연애도 한번 해보고 싶고……."

"야, 너 결혼 안 한다며?"

길라가 보겸의 어깨에서 자라난 가장 큰 가지를 툭 쳤다.

보겸의 목소리는 더욱 커졌다.

"야, 연애한다고 다 결혼하냐? 그거랑 그거는 다른 거야! 나도 한번 멋지게 살아보고 싶어. 길지 않더라도 한 오십 살까지만, 아니 육십 살까지만."

"있잖아, 요즘은 인간화 돼지의 장기를 이식받으면 이백 살까지도 살 수 있다는데…….''

"야이 씨바, 난 그렇게 안 살아! 지금까지 사는 것도 힘들어 죽겠는데…… 이백 살이라니! 끔찍하다, 끔찍해!"

보겸은 버럭버럭 소리를 지르다가 털썩 주저앉았다. 그때 보겸이 몸속에서 "삐이, 삐이!" 하고 소리가 났다. 허탈하게 앉아 있던 보겸이 호주머니가 있었던 쪽을 만지작거리다가 작은 가지들 틈에서 뭔가를 끄집어냈다. 그것은 노란 명함이었다.

"어, 명함이 빛을 뿜네!"

신의 재판장이 그것을 보더니, 이것은 보통 명함이 아니라 최첨단 장치가 저 얇은 종이 속에 내장되어 있는 특수한 물건이라고 소리쳤다.

"위치 추적기를 비롯하여…… 아, 그래서 저 인간들이 여기까지 추격해올 수 있었군요."

그 말을 들은 보겸이 황당한 표정을 지으면서 명함을 찢으려고 했으나, 아무리 두 손에다 힘을 주고 잡아당겨도 찢어지지 않았다. 보겸은 그것을 힘껏 내팽개쳤다.

"이런 씨바, 이것이 진짜 첩자였네! 와아, 황당하네! 여자 경찰, 완전 여우였구먼! 진짜 돌아버리겠네! 결국 내가 스파이 노릇을 했다니! 아아, 쪽팔려! 와아아아, 씨바!"

보겸은 자기 때문에 이런 상황이 벌어졌다고 자책하는지 그 명함을 발로 마구 밟았다.

"씨바야, 나도 그걸 받았잖아. 근데 너무 예뻐서 책상 위에다 모셔둔 게 천만다행이구나!"

길라가 그렇게 말하자 보겸은 더욱 화가 난다는 듯이 명함을 밟고 짓이겼다.

신의 재판장이 그것을 재빠르게 낚아채듯이 집었다.

"어어, 안 됩니다. 망가트리면 안 됩니다. 지금까지는 그것이 추격대의 스파이 노릇을 했지만 이제부터는 어린 나무신들을 꿈속으로 안내하는 도우미가 될 것입니다. 이 불빛이 가리키는 방향으로 걸어가면 됩니다."

그 명함은 파란 불빛을 깜박거리면서 방향을 가리켰다. 그들이 움직일 때마다 나침판의 바늘처럼 불빛의 방향이 조금씩 바뀌었다.


싸늘한 바람이 불어왔다. 신의 재판장 말에 따르면 이곳은 빅뱅 같은 대혼란 속으로 빠져들고 있었다.

수백 대의 굴착기가 지하 암반을 뚫고 올라오는 것 같았다. 그만큼 심하게 땅이 흔들리고 거대한 나무들이 쓰러졌다. 수백 년을 혹은 수천 년을 살아온 나무들이 쓰러지는 소리는 끔찍한 통곡 소리 같았다. 그때마다 희성은 귀를 막았다. 그러다 보면 신의 재판장이 와서 마치 어린아이를 달래듯이 괜찮다고 말해주었다. 당연히 그들의 이동 속도는 아주 느릴 수밖에 없었다. 땅이 흔들리면 근처 안전한 곳으로 몸을 피해야 했고, 주위가 잠잠해진다고 해도 쓰러진 나무와 굴러온 바위들 때문에 제대로 걸을 수가 없었다.

그들은 그 명함의 불빛만 따라서 움직였다. 몇 개의 굴도 지나고 강도 건너갔다. 강을 건널 때는 새처럼 몸이 작아졌다. 새처럼 날 수 있다고 생각을 하자 몸이 떠올랐다. 다만 너무 갑자기 돌풍이 불어서 하마터면 길라가 강물 속으로 추락할 뻔했다.

그렇게 강을 지나고 다시 얼마나 걸었는지 모른다. 명함의 불빛은 거대한 절벽 밑을 가리켰다. 절벽 밑으로 다가가자 갈라진 틈이 보였다.

신의 재판장은 그 앞에서 안도의 한숨을 내쉬었다.

"찾았습니다. 이곳이 다른 세상, 아니 누군가의 꿈속으로 들어가는 길입니다. 그곳을 통해야만 당신들이 살고 있는 세상으로 나갈 수 있습니다."

"어, 정말! 이제 헤어지는 거예요?"

길라의 말에 신의 재판장은 머리를 끄덕였다.

"부디 남은 생을 행복하게 사시길!"

"재판장님도 행복하십시오!"

희성은 괜히 눈시울이 뜨거워지면서 뭔가 욱 치밀어오르는 것을 간신히 참아냈다.

그들이 인사를 하면서 동굴로 들어가려고 하자, 신의 재판장이 잠깐 할 말이 있다고 하였다.

"아주 중요한 말을 빠트릴 뻔했습니다. 우리는 살아 있는 것들의 꿈을 관장하는 신들인데, 이번 일을 계기로 꿈을 없애버릴까 합니다. 김 박사의 말처럼 인간은 꿈이 없어도 살아갈 것입니다. 어쩌면 인간들은 인조인간이 되어서라도 더 오래오래 살려고 할 것이고, 그것을 행복이라고 여길 것입니다."

신의 재판장 이야기를 들으면서 희성은 잠시 생각에 잠겼다. 그래, 꿈을 꾸지 않는다고 해서 죽지는 않을 테니까, 살아가는 데 별 지장이 없을 것이다.

"씨바야! 꿈이 사라진다면 그게 인간이라고 할 수 있을까? 삭막해지고, 뭔지 몰라도 더 재미없어지고, 로봇처럼 살아가는 것이 아닐까? 그런 생각이 들어."

길라가 보겸에게 너는 어떻게 생각하느냐고 말했다. 보겸은 얼른 말을 잇지 못하고 허둥거렸고, 옆에 있던 희성한테 너는 어떻게 생각하느냐고 낮게 물었다.

그렇게 보겸이 몇 번이나 물어도 아무런 말이 없던 희성이 갑자기 신의 재판장을 보았다.

"저, 부탁이 있습니다. 물론 인간들이 엄청난 잘못을 저질렀다는 것은 압니다. 근데 우리를 봐서라도 꿈을 꾸지 못하게 하는 벌만은 철회해주십시오. 만약 꿈이 없어진다면 어른들은 몰라도 우리 같은 학생들은 진짜 불행해질 것입니다. 나중에 사이보그 인간이 되면 어떨지 몰라도 지금은 꿈이 있어야 할 것 같아요, 그러니 저희를 믿고, 제발……."

신의 재판장은 길라랑 보겸도 그렇게 생각하느냐고 물었고, 그 둘은 마치 그 질문을 기다렸다는 듯이 "당근이죠!" 하고 대답했다가 얼른 "예에!" 하고 다시 대답했다. 그는 알았다고 열 번도 넘게 고개를 끄덕였다.

이번에는 길라가 아주 조심스럽게 물었다.

"있잖아요, 희성이가 준 목걸이 디스켓 속에 들어 있던 내용들을 어딘가에 다 옮겨놓았다고 했잖아요? 그걸 어떻게 할 거예요? 애플은 그것을 인간 세상에다 폭로하고, 그래서 실험실 동물들이 더 이상 고통 받지 않기를 바랐거든요."

신의 재판장은 그들 모두를 쳐다보고는 그것에 대해서도 말하려고 했다고 하면서 말을 이어갔다.

"그것도 걱정하지 마십시오. 어차피 인간 세상에서 일어난 일이니 그곳에서 해결해야 합니다. 우린 인간 세상에다 불법동물실험에 대해서 폭로할 것입니다."

# 길라가 행복하지 않다면 누가 행복할까

신의 재판장 목소리가 더욱 아름답게 들렸다.

"이것은 인간 세상이 아닌 다른 세상에서 일어난 일이고, 다른 인간들은 꿈처럼 생각할 것입니다. 그 누구도 당신들의 존재에 대해서 모릅니다. 김 박사 일행이 설령 우리한테 잡히지 않고 탈출한다고 해도, 그들 역시 하나도 기억하지 못할 것입니다. 우리가 그들의 꿈속으로 들어가서 그렇게 할 것입니다. 그러니 아무 걱정 말고 돌아가서 행복하게, 행복하게 사십시오."

엄청난 회오리바람이 일어나면서 땅이 흔들렸고, 신의 재판장은 가까스로 몸의 중심을 잡으면서 더 이상 지체할 시간이 없다고 했다.

"어린 나무신들이여, 부디 행복하시기를!"

왜 그랬는지 모르겠다. 희성은 자꾸만 그가 행복하라는 말을 강조하자 은연중에 짜증이 났다. 짜증바이러스들이 급성으로 자기복제를 하면서 순식간에 희성의 뇌를 장악했는지도 모른다. 희성은 행복하게 살 자신이 없다. 오래전부터 학교로부터 거세당한 느낌이었고, 아무런 꿈도 없이 똑딱거리는 시간한테 끌려다녀야만 하는 삶이란. 아, 끔찍했다.

"희성아, 할머니는 네가 꿈이 많았으면 좋겠어. 꿈이 있다는 것은 자신이 가장 좋아하거나 가장 잘하는 것을 하고 싶은 욕망의 표현이기도 해. 또 힘들어도 꿈이 있으면 그만큼 버텨내는 힘이 생긴다고나 할까? 근데 우리 희성이는 꿈이 없다니 너무 안타까워."

희성은 할머니가 그렇게 말할 때마다 "그래도 꿈이 생기질 않는데, 어쩌라고!" 하고 반발하고 싶은 충동을 꾹꾹 눌러댔고, 어찌나 허벅지를 세게 눌러댔는지 멍울이 생길 정도였다.

희성은 그런 생각을 하면서 깊은 한숨을 토해낸다. 순간 왜 물 밖에 나와 거칠게 숨을 토해내는 물고기의 아가미가 떠올랐는지 모르겠다.

'행복하라고요, 저한테 행복하라고 하셨나요? 에이, 씨바…… 전 말이죠, 전 행복이라는 말을 들을 때마다, 제가 영영 행복하다는 느낌을 모르고 살다가 갑자기 죽어버릴까 봐 겁이 나요.'

희성은 마음속으로 맹렬하게 부르짖다가 길라하고 마주치자마자 "넌 행복하지?" 하고 물었다. 길라는 덧니가 드러나도록 살짝 웃다가 희성을 빤히 쳐다보았다.

"내가 그렇게 보여?"

어느새 그 눈빛이 싸늘해져 있었다. 순간 희성은 자신이 뭔가 실수했나, 하고 보겸을 보았다. 보겸도 모르겠다고 눈을 깜박였다.

"씨바야, 네 눈에도 그렇게 보이냐?"

길라의 목소리가 차가워져 있었다.

"어? 응! 그래."

보겸은 그렇게 말을 하면서도 길라의 표정을 살폈다.

길라는 보겸을 노려보듯이 쳐다보았다.

"뭐가? 내 어떤 점이?"

"일단 공부를 잘하잖아."

"또?"

보겸이 망설이자 희성이 재빠르게 대답했다.

"넌 정의롭고, 지민이가 저 씨바 새끼한테 당할 때마다 나서서……."

보겸은 왜 갑자기 그 말을 끄집어내냐는 식으로 희성을 흘겨보았다. 그러다가 재빠르게 "하여튼 길라 넌 행복하게 사는 것 같아." 하고 말하는 순간, 길라가 고개를 쳐들면서 "이 개새끼들아!"하고 소리쳤다.

희성은 깜짝 놀랐다. 길라는 질끈 입술을 깨물었다가 입을 열었다.

"그런 게 행복의 기준이야? 야아, 씹새들아! 그렇게 공부가 중요하면 김 박사한테 가서 뇌에다 100기가짜리 디스크 하나 이식해달라고 해라. 그럼 되잖아, 바보들아! 난 말이야, 여행 작가나 여행사 직원 뭐 그런 거 하면서 살고 싶은데…… 엄마 아빠는 왜 그렇게 힘든 것 하려고 하냐고 하면서, 의사만 되라고 해. 작년까지 좋아했던 남친하고도 헤어졌고! 엄마가 헤어지래잖아! 부모가 까라면 까야지, 별수 있냐! 연애는 나중에 대학가서 해도 된다고. 내가 여행을 맘대로 하나, 연애를 맘대로 하나, 하고 싶은 걸 맘대로 하나! 그래도 행복한 거냐? 나 그냥 산다. 그냥 버틴다, 이 씹새들아! 그게 행복한 거냐구!"

그렇게 길라가 소리쳐도 희성은 믿어지지 않았다. 길라가 행복하지 않다면 이 나라에 사는 학생들 중에서 누가 행복할까. 그건 말도 안 된다. 희성은 오히려 길라한테 말도 안 된다고 따지고 싶었다.

길라는 눈물을 글썽글썽하면서도 끝내 눈물을 쏟아내지는 않았다.

"난 어려서부터 뭐든 혼자 잘했어. 밑에 쌍둥이 동생들이 있어서, 늘 동생을 위하고, 혼자 척척척 공부하고. 그때마다 어른들이 그랬지. '넌 뭐든지 혼자 잘해서 아무 걱정도 안 돼' 하고. 그래서 난 힘들어도 힘들다고 말도 못하고, 공부하기 싫어도 싫다고 말도 못했어. 심지어 내 의지하고는 상관없이 이웃에 사는 지적장애 친구를 데리고 다녀야 했어. 니들, 내가 착한 줄 알지? 난 절대 안 착해! 나야말로 독한 년이고, 진짜 위선자야! 난 말이야, 난 동물실험 반대론자도 아냐! 그냥 과학 스피치 대회 나가려고 반대 입장에 선 거라구! 그래야 뭔가 말이 되잖아? 그리고 저 씨바 새끼가 말한 것처럼 '동물실험반대'에 대한 논문 하나 써볼 생각이었어. 일단 조건이 좋잖아! 난 온갖 동물실험에 시달리다가 도망친 실험견을 알고 있어. 그 실험견을 따라서 각종 모험까지 하고 있어. 그러니 뭔가 아이템만 잘 잡으면 가능할 것이라는 판단이 섰고, 그래서 애플을 돕겠다고 따라나선 거야. 난 그런 애야. 니들처럼 아무런 목적 없이 이런 짓 하는 줄 아니, 이 바보들아! 난 치즈도 좋아하고, 온갖 화장품 다 좋아해. 그래도 여기까지 오고 싶지 않았어. 꿈속 세상에서 적당히 돌아가고 싶었어. 근데 또 저 씨바 새끼 때문에…… 저 새끼가 혼자 간다고 하는데, 늘 착하고 정의로운 척하고 살아온 터라 모른 척할 수가 없었던 거라구!"

평소보다 한 옥타브를 내려서 말하는 길라의 표정은 비장했다.

희성은 아무런 말도 할 수가 없었다. 아니, 길라의 말을 믿을 수 없었다는 표현이 더 정확할 것이다.

"아냐, 넌 착해. 그러니까 그렇게 지민이도 챙기고 그랬지."

보겸의 말에 길라는 한동안 등을 돌리고 가만히 있다가 돌아섰다.

"씨바야, 지민이는 내 사촌이란다. 이모네가 집 근처로 이사 오자마자 엄마가 그랬어. '길라야, 지민이랑 같이 다니면서 챙겨줄 수 있지!' 하고. 아아악! 난 미쳐버릴 것 같았는데, 왜 바보같이 싫다고 말도 못하고 사는지 몰라. 씨바야, 난 지민이를 볼 때마다 숨 막혀. 근데도 왜 말을 못하는지! 난, 난, 말이야. 그렇게 살아왔어!"

보겸이 여전히 믿을 수 없다는 눈빛을 짓자, 길라가 그에게 결정타를 날리듯이 말했다.

"난 초딩 때 동물 해부 실험했다는 뻥까지 쳤다구!"

"야, 그건 진실 아냐?"

보겸이 물었고, 희성도 덧붙였다.

"나도 기억나. 흰쥐가 죽은 줄 알았는데 심장이 두근두근 뛰고 있었다고 한 말…… 안 해보고 그런 걸 어떻게 알아?"

"바보들아, 그 정도는 인터넷만 뒤지면 다 알아낼 수 있다구! 그러니까 니들은 꺼져! 난 안 가, 니들이나 거기 가서 공부 잘하고 살아! 난 여기 남을 거야! 난 안 갈 거야!"

순간 희성은 정신이 멍해졌다. 갑자기 폭탄선언을 하듯이 여

기에 남겠다고 한 길라의 눈빛이 너무 결연했다. 신의 재판장
도 놀라서 어쩔 줄 몰라했다.

"신의 재판장님, 놀라셨죠? 전 그런 사람입니다."

"허허, 과거는 지나간 것이고, 지금 이 순간이 중요합니다.
또한 미래는 아직 존재하지 않기 때문에 얼마든지 준비하고 선
택할 수 있습니다."

"어쨌든 전 행복하지 않아요. 저는 제가 아니라, 어른들을 위
해서 살아가는 것 같아요."

"그럼 앞으로 당신 자신을 위해서 살아가면 됩니다. 행복이
란 항상 나로부터 찾아야 하니까요."

신의 재판장은 다시 한번 흔들리는 몸의 중심을 잡으면서
어서 서둘러야 한다고 눈짓을 했다. 그래도 그들은 전혀 움직
일 기미가 보이지 않았다. 희성은 그 자리에 앉아버렸다.

"난, 나만 빼고 다들 행복하게 사는 줄 알았는데…… 저 씨바
도 그렇고, 길라도 그렇고. 근데 다 똑같다니!"

씁쓸하기는 해도 희성은 처음으로 길라와 보검, 그렇게 세
사람 사이에서 어떤 교집합을 발견한 것만 같았다. 그러면서도
맥이 빠졌고 머릿속으로 형이 떠올랐다.


희성한테는 다섯 살 많은 형이 있다. 형은 미국에서 공부하
고 있다. 그들은 서로 연락하지 않는다. 형은 어려서부터 부모

님의 자랑거리였다. 전국에서 가장 유명한 과학고도 전체 3등으로 입성했으니까. 어떻게 그것이 가능한지 모르겠지만 형은 과학고에 발을 담근 지 딱 1년 반 만에 모든 과정을 해치우고, 미국 유명 대학으로 가서 자신의 뇌를 전속력으로 업데이트하는 중이다.

문제는 희성이다. 희성은 형하고 달리 모든 게 느렸다. 느리다는 언어가 다 표현할 수 없을 정도로 느렸기 때문에 희성을 지도한 수많은 사교육 선생님들도, 너는 어떻게 할 수 없다고 고개를 흔들었다. 그래도 엄마는 포기하지 않았다. 엄마가 앞에서 마구 잡아당기면 당길수록 희성은 숨이 막혔다. 유일한 우군이었던 할머니가 돌아가시자 희성의 몸은 조금씩 굳어지고 있었다.

그러던 어느 날 희성은 현관문 앞에 쪼그려 앉아서 그대로 굳어버렸고, 골프를 치고 돌아오던 아빠가 발견하고는 구급차를 불러서 병원 응급실로 데려갔다. 의사는 심한 스트레스 때문에 아이의 몸이 일시적으로 굳어지고 있다고 하면서, 이것을 그냥 방치하면 의사들도 감당할 수 없는 사태가 벌어질 수 있다고 경고했다.

"그 뒤론 날 포기했나 봐. 아무도 나한테 공부하라는 말을 안 해. 근데 뭘 해야 할지 모르겠어. 늘 불안하고. 하아, 나야말로 여기 남아야겠네!"

희성이 다시 형을 떠올렸다. 희성은 지금까지 늘 형을 잊으려고 했고, 그래서 그 누구에게도 그 존재를 언급하지 않았다. 갑자기 그런 형이 보고 싶다. 형은 진짜 행복한 거지? 그치? 희성은 그렇게 묻고 싶었고, 제발 형이 행복하다고 말해주기를 바랐다.

"야, 싸가지랑 유령 니들 왜 이래? 갑자기 내가 가장 범생이 같아지는 이 기분. 참 살다 살다 별일을 다 겪네. 나는, 나만 더럽게 살고, 나만 양아치 같다고 생각했고, 겨우겨우 버티면서 하루하루를 살아가는 줄 알았더니 뭐야, 다들 나랑 비슷하다니. 에이 씨바, 그럼 우리 다 같이 여기 남자! 여기서 그냥 나무 신으로 살아버릴까? 니들만 찬성하면 난 상관없어!"

보겸이 한숨을 내뱉으면서 말했다.

"이 바보들아, 니들은 필요없어. 꺼지라구! 나만 남을 거야! 나 하나 사라져도 우리 부모님은 괜찮으실 거야. 쌍둥이 동생들이 있으니깐!"

길라가 거칠게 말하면서 한숨을 토해냈다.

길라가 내뱉은 한숨, 보겸이 내뱉은 한숨도, 희성은 이제야 다 알 것 같았다.

"그런 식으로 말하면 나도 마찬가지야. 나 사라져도 우리 부모님은…… 잘난 형이 있잖아? 나를 반겨주는 할머니도 안 계시고……."

희성의 목소리는 이상하게도 떨리고 있었다. 그만큼 간절하면서도 비장했다.

"씨바, 진짜 돌아버리겠네! 나야말로 사라지면 우리 아빠랑 새엄마가 춤추고 만세 부를 거다! 늘 내가 눈엣가시였거든. 우리 새엄마는 아빠 열두 살 아랜데, 새엄만 아빠 재산보고 결혼한 것이고. 그러니 내가 사라지면 얼마나 좋겠냐? 자기 어린 자식들한테 금수저 물려줄 수도 있고, 아빠도 맨날 말썽만 부리는 자식 잊어버리고, 어리고 예쁜 와이프한테 올인해서 살 수 있으니 얼싸덜싸하고 춤을 출 거다!"

보겸은 잠깐 춤추는 동작까지 하더니 쓸쓸하게 웃었다.

갑자기 침묵이 흘렀다. 근처에서 바위가 부서지고 갈라지는 소리가 나면서 땅이 마구 흔들렸다. 그래도 누구 하나 움직일 기미가 보이지 않았다.

뒤쪽에 떨어져 있던 신의 재판장이 그들 앞으로 다가왔다.

"죄송합니다, 저 때문에…… 그래도 저는 그렇게 말할 수밖에 없습니다. 살아 있는 모든 것들은 행복할 권리가 있으니까요. 자, 어서 일어나십시오. 그렇지 않으면 강제로 추방하는 수밖에 없습니다. 아마도 우리가 모르는 어떤 대자연의 기운들이 이곳을 살리기 위해서 당신들을 나무신으로 모셨지만, 이곳에 오래 머물게 되면 서서히 소멸할 수밖에 없습니다. 당신들은 다른 세상에서 살 수 있도록 만들어진 생명체이기 때문입니다.

그러니 돌아가야 합니다."

주변에서 거대한 나무들이 도미노처럼 쓰러졌고, 그 충격으로 엄청나게 땅이 흔들렸다. 그들은 한동안 몸을 웅크리고 있었다.

이윽고 보겸이 몸을 일으켰다.

"만약 돌아간다면, 난 말이야, 한국 떠날 거야. 그냥 당분간 식구들이랑 떨어져서 살아보고 싶어. 이모가 호주에 살고 있는데, 거기 가서 한 1년 살다가 올 거야. 그러면서 아빠랑 새엄마에 대해서 다시 생각해볼 거야. 나에 대해서도."

"난 연애부터 할래. 헤어진 남친부터 다시 만날 거야."

희성은 보겸과 길라의 말을 듣자 더욱 머리가 캄캄해졌다. 희성은 집에 가도 마땅히 하고 싶은 것이 없었고, 다만 엄청 삐딱해질 것만 같았다.

"신의 재판장님, 전 돌아가도 할 게 없어요. 아무것도. 행복하게 살 자신도 없고요. 여기서 살다가 소멸되어도 괜찮으니까, 저만 남게 해주세요."

"그렇지 않아요. 이미 당신들은 행복합니다. 이미 당신들은 당신들만의 가치를 발견했으니까요. 다른 세상에서 온 살아 있는 생명체가 나무신이 된 경우는, 아마 수억 년의 역사 속에서 처음일 것입니다. 당신들은 이곳 역사에 기록될 것입니다."

희성은 그 말을 받아들일 수 없었다. 신의 재판장이 자신을 달래기 위해서 억지로 꾸며낸 말이라고 비웃고 싶었다. 길라도 그랬고, 보겸은 더 노골적으로 "씨바, 뭔 소린지!" 하고 눈쌀을 찌푸렸다.

주위는 심하게 흔들리면서 계속 나무가 부러지고 바위가 굴러 떨어지고 있었다. 그래도 누구 하나 움직일 기미가 보이지 않았다.

"살아간다는 것은 자기만의 시간을 만들어가는 것입니다. 두려워 말고, 눈치 보지 말고, 여기서 행동했던 것처럼 당신들 믿고, 그렇게 가십시오. 그러다 보면 살아간다는 것이 얼마나 기적 같은 일인지 알게 될 것입니다."

신의 재판장의 목소리는 낮게 울리면서 희성의 귓속으로 흘러들었다.

굴이 흔들리면서 돌이 떨어지기 시작했고, 그러자 신의 재판장이 그들을 한꺼번에 감싸서 안으로 밀어 넣었다. 그와 동시에 굴이 무너지기 시작했다.


뒤쪽에서 강력한 힘이 그들을 굴속 더 깊은 곳으로 밀어 넣었다. 동굴은 걷잡을 수 없이 무너져 내렸다. 언제부턴지 희성도 뛰고 있었다. 그러다가 다시금 깊은 늪에 빠진 듯 움직이는 것이 힘겨워지자 숨을 몰아쉬면서 천천히 걸었다. 자연스럽게 길라랑 보겸의 손을 잡았다. 희성이 그들의 손을 잡고 나서야, 몸에 돋아났던 온갖 이파리와 잔가지들도 다 사라졌음을 알았다.

어느 순간부터인지 가느다란 실뿌리들이 그들을 마중 나와서 살을 간질였다. 희성은 악수를 하듯이 그 뿌리를 잡았다. 뿌리가 꿈틀거리는 것 같았다.

"아이고, 이제 살았네! 아까 동굴이 무너질 때는 진짜 깔려 죽는 줄 알았어."

보겸이 손에 있는 명함은 계속 불을 깜박이면서 가야 할 방향을 가리켰다. 보겸은 그 명함을 흐뭇하게 내려다보다가 머리카락을 흔들어대는 희성을 보았다.

"아이 씨, 머리카락은 그대로 남았으면 좋았을 텐데. 난 나뭇잎 같은 머리카락 괜찮았는데 말이야. 암튼 유령아, 진짜 고맙다. 신들의 나라에서 그렇게 날 챙겨주다니! 기왕 이렇게 된 것, 앞으로도 날 좀 잘 챙겨주라. 내가 양아치 짓 하면 네가 나서서 업고 어디로 튀어라. 제발, 제발 좀 그래주라."

"씨바야, 그러니까 네 말은, 앞으로도 살아가면서 종종 너를 업고 다니라는 것이지? 지금까지 내 용돈 다 갈취하고, 온갖 셔틀 노릇 다 시키고, 이제는 아예 자가용 노릇까지 하라는 거지? 오늘은 참지만 다시 한번만 그따구 말 하면 가만 안 둔다!"

말은 그렇게 하면서도 희성은 보겸의 어깨를 꼭 잡았다. 이제는 그를 친구로서 당당하게 대할 수 있다는 자신감의 표시였다.

길라가 그들을 힐끗힐끗 보다가 피식 웃었다.

"있잖아, 난 지금까지 남자애들은 내 친구라고 생각해본 적이 없어. 허우대만 클 뿐, 그래서 수컷동물들처럼 여자들만 보면 이상한 눈빛으로 훑어보고, 마음속은 꼭 초딩 같은 유치한 동물이라고 생각했거든. 근데 니들 보니까, 남자애들도 속이 깊은 부분이 있네!"

희성은 그냥 가만히 있었고 보겸은 어이없다고 중얼거리더니 "그래, 너 잘났다, 이 싸가지야!" 하고 소리쳤다.

그들은 반짝이는 명함을 나침판 삼아서 걸었다.

누군가 입에서 노래가 흘러나왔다. 보겸의 노래였다. 길라도 노래를 불렀다. 희성의 입에서도 노래가 흘러나왔다. 그들은 돌림노래를 하듯이 노래를 이어갔다. 몇 차례 그런 흐름이 되풀이되고 나서야 보겸이 부르는 노래 중에는 부모님 세대가 좋아했던 곡이 섞여 있다는 것을 알았고, 길라는 요즘 세대들의 노래를 충실하게 섭렵하고 있었고, 희성은 저도 모르게 가끔씩 동요를 부르고 있었다. 똑같은 나이였는데도 그들은 그렇게 각각 다른 시간을 살고 있었다.

참 이상한 일이었다. 그렇게 노래하다 보니 희성은 은연중에 자기 자신에게 계속 물음표를 던지고 있었다. '넌 누구냐?', '넌 어디서 왔니?', '넌 왜 사니?' 하는 그런 근원에 대한 물음이었다.

얼마나 많은 노래를 불렀는지 모른다. 다리가 아팠다. 그래

신 호모데우스전

도 나가는 곳이 나오지 않았다. 보겸이 고개를 갸우뚱했다. 언제부턴지 희성도 이상하다고 생각하고 있었다. 자꾸만 왔던 길을 되돌아가는 것만 같았다. 그러다가 나무뿌리가 점점 가늘어지자 길라가 "잠깐만!" 하고 소리쳤다.

"우리가 다시 신의 재판국으로 가고 있는 거 아냐?"

실제로 가느다란 뿌리를 따라가니까 점점 어떤 압력이 느껴졌다.

"씨바, 이게 왜 이러지? 우린 빙글빙글 돌다가 다시 신의 재판국으로 가는 경계로 왔어."

"신의 재판국에 있는 김 박사가 이것을 그쪽으로 불러들이고 있는 게 아닐까?"

희성의 말에 아무도 다른 이야기를 하지 않았다. 명함은 신의 재판국 쪽으로 더욱 강한 불빛을 내뿜고 있었다. 화가 난 보겸이 그 명함을 내팽개치고는 마구 밟아버렸다. 그러자 그 불빛이 꺼져버렸다.

길라가 말리려고 손을 뻗었으나 늦었다.

"씨바야, 그렇다고 그걸 망가트리면 어떡하나? 우린 이제 어떻게 나가냐고!"

"걱정 마. 오히려 그 명함 때문에 더 혼란스러웠다구! 우리가 왔던 흔적이 있을 거야. 그것만 잘 찾아서 따라가면 돼."

보겸은 그렇게 자신만만했고, 다른 친구들도 크게 걱정하지 않았다. 보겸의 말처럼 어떻게 해서든 나갈 수 있을 거라고 생각했다.

그들은 자신들이 지나온 흔적들을 찾으려고 애를 썼다. 하지만 나무뿌리 사이에 있는 굴들은 다 비슷비슷해서 특별한 표시가 없는 한 구별하기란 거의 불가능했다.

언제부턴지 그들의 입에서는 아무런 노래가 흘러나오지 않았다. 그들은 점점 부정적인 생각을 하기 시작했다. 어떤 절대적인 행운이 따르기 전에는 이곳을 빠져 나간다는 것이 불가능하다는 절망감이 그들을 압박했다.

희성은 어두운 바다에서 아무런 항법 도구도 없는 작은 배에다 몸을 싣고 어디론가 흘러가고 있는 것만 같았다.

길라가 주저앉았다.

"더 이상 못 가겠어."

길라는 무릎 틈에다 얼굴을 묻었다.

"씨바, 다 나 때문이야!"

그 옆에 앉은 보겸이 주먹으로 자기 무릎을 치면서 자책했다.

"죽는 건 겁나지 않아. 근데 계속 이곳을 뱅글뱅글 돌다가 지치고, 절망하고, 무서움에 떨다가 죽을까 봐. 그런 시간이 두려울 뿐이야."

길라의 목소리는 떨리고 있었다. 그럴수록 보겸은 더 크게 자책했다. 희성도 정신이 멍해지면서 가슴이 답답해졌다. 희성은 저도 모르게 가슴을 문지르다가 뭔가 손에 잡힌다는 것을 알았다. 사과 목걸이였다. 희성은 그것을 만지면서 "아!" 하고 탄성을 지르면서 일어났다.

"어르신들!"

희성이 소리쳤다.

"야, 유령! 뭐 하는 거야?"

보겸이 물었다.

"이 목걸이가 손에 잡히는 순간 그분들이 떠올랐어!"

"그게 무슨 말이야?"

길라가 물었다. 희성은 대답하지 않았고, 조금 전보다 더 크게 소리쳤다.

"〈YP 불법동물실험 99〉라는 동영상에서 어른들이 생체실험 받는 장면이 나왔어요. 실험에 참가한 10명 중 6명만 귀환하고, 나머지 4명은 돌아오지 않았다고요. 그중 2명은 꿈속에서 죽고, 나머지 2명은 살아 있다고요. 맞죠, 아직도 살아계시죠? 우리가 꿈견들에게 포위당한 채 공격을 받았을 때도 어르신들이 도와줬다는 거 다 알아요."

그 말을 듣고서야 보겸이 자기 머리를 툭 쳤다.

"정말 보이지 않는 것들이 그분들일까?"

희성은 계속 소리쳤다. 목이 쉬도록 "어르신들! 어르신들! 어르신들!" 하고 불렀다. 보겸과 길라도 가세했다. 희성은 이

방법밖에 없다는 것을 알고 있었고, 그래서 목이 쉬어간다는 것을 알면서도 크게 소리쳤다. 그러다가 작은 뿌리 하나가 흔들리는 것을 보았다.

"어르신들, 우리 근처에 있죠?"

아, 너희들이구나. 난 말도 못하고, 모습을 드러낼 수도 없다.

그렇게 땅바닥에 돌멩이로 긁어서 쓴 글씨가 드러났다. 그 글자를 보자 맨 처음 이곳으로 왔을 때 우연히 발견했던 몇몇 글자들이 떠올랐다. 그때는 아이들이 글자놀이를 했을 것이라고 판단했으나 그게 아니었다. 희성도 땅바닥 글씨로 대답했다.

와아, 고맙습니다. 저희는 신의 재판국을 나와 돌아가다가 길을 잃었는데 갑자기 어르신들이 생각났습니다. 신의 재판국에서 어르신들이 불법실험에 동원되었다는 것을 알았고, 몇몇 분들이 이곳에 머물고 있을 것이라고 확신했습니다.

그래 맞단다. 하지만 같이 지내던 사람이 지금은 잠에서 깨어나질 못하고 있어. 왠지 불길해. 나도 자꾸 졸리고 힘이 없어.

보겸도 땅바닥에다 글씨를 썼다.

*다들 건강하셨으면 좋겠어요!*

우린 바깥세상으로 나가는 순간 소멸한다는 것을 알았어. 그래서 바깥으로 나가지 않았던 거야. 물론 우리도 이상하게 변했어. 왜 그런지 모르겠지만 꿈견들이 죽자 우리 몸이 작아지고 어린아이로 변하더니 점차 투명해졌고, 어느 순간부터는 아예 보이지 않게 되었어.

보이지 않는 것은 글씨로 말을 하는 데 익숙해진 듯했다. 그만큼 땅에다 글씨를 빠르게 썼다.

우린 아무도 원망 안 해. 김 박사도, 세상도. 다 우리 잘못이야. 세상을 살 만큼 산 우리가 선택한 거니까 오히려 부끄러운 거지. 다만 더 이상 이런 짓을 하지 말았으면 좋겠어. 특히 아이들이 이곳으로 들어올 때는 너무 슬펐어. 그것들을 도와주려고 몇 번 시도했지만, 도저히 어떻게 할 수가 없었어. 신들이 그 사실을 폭로한다니까, 제발 그렇게 되어서 이런 일이 되풀이되지 말기를 바랄 뿐이야. 사람뿐만 아니라 여기서 죽어간 동물들이 수천 마리도 넘을 거야. 아아, 더 이상…….

그렇게 많은 글씨가 땅에서 돋아나듯이 새겨졌다. 길라가 대꾸하듯이 글씨를 썼다.

그렇게 될 거예요. 신들이 꼭 그렇게 할 겁니다.

야암, 그래야지.

어르신 성함이라도 알고 싶어요. 저희가 가족들에게……,

난 언제부턴지 이곳으로 들어오기 전까지 시간을 전혀 기억 못하
게 되었어. 내가 누군지, 어디서 살았는지, 아무것도…… 그냥 이
렇게 이곳에서 살다가 소멸되는 거지. 그래도 가끔씩 사람들 꿈속
으로 갈 수 있으니 얼마나 다행이니?

　아무것도 기억하지 못한다는 것은 이미 살아 있는 생명체가
아니라는 뜻이다. 희성은 그렇게 받아들였다. 그래서 더욱 안
타까웠으나 그렇다고 뭐라 할 말이 없었다. 그래서 희성은 이
렇게 대꾸했다.

제 꿈에도 꼭 한 번 나와주세요. 제 별명이 유령이니까, 꿈에서는 친
구처럼 지낼 수 있겠네요!

맞아. 꿈에서는 누구나 친구지! 자, 이제부터는 내가 신호를 보내
는 곳으로 따라오면 돼.


그 보이지 않는 사람은 한참 앞에서 나무뿌리를 흔들거나
흙가루가 쏟아지게 하면서 그들을 안내했다. 그들은 그런 식으
로 걸어갔다.
이윽고 바깥으로 나가는 계단이 생겼다.


이제 정말 헤어져야겠구나!


그 보이지 않는 사람은 일부러 크게 글씨를 썼다.


느껴지진 않겠지만 악수 한번 해요.


길라가 그렇게 글자를 썼고, 누군가랑 악수하듯이 손을 내밀
었다. 희성도 손을 내밀었다. 아무런 감각을 느낄 수 없었지만
마음속으로는 누군가의 따뜻한 손을 떠올리고 있었다.

# 검색어 1위, YP 불법동물실험

    희성은 바깥세상으로 나오자마자 눈을 찌푸렸다. 그렇게 태양빛이 강렬했다.

    "씨바, 엄청 뜨겁네!"

    보겸이 머리를 흔들어서 앞머리로 눈을 가렸다. 그러면서도 주위가 아무도 없다는 것을 확인하고는 크게 안도의 한숨을 내뱉었다. 자두나무에서 참새들이 날아갔다.

    희성도 잠깐 눈을 감았다가 다시 눈을 떴다. 새삼 눈에 보이는 풀잎들, 마당가에 있는 나무들, 그리고 수다스럽게 날아다니는 참새들…… 그 모든 것들이 특별해 보였다.

    희성은 다른 친구들을 쳐다보았다. 긴 청바지에다 하늘색 반팔 티셔츠를 입은 길라의 옷은 군데군데 알 수 없는 얼룩이 져 있기는 해도 깨끗한 편이다. 청바지에다 노란 체크무늬 티셔츠 차림인 보겸의 옷도 찢겨진 곳은 보이지 않았고, 희성의 옷도 마찬가지였다.

"옷이 엉망일 줄 알았는데! 참 믿어지지 않아. 내 몸에서 수백 개의 잔가지들이 옷을 뚫고 돋아났다는 사실이 꿈만 같아!"

"유령아, 씨바 난 그 헤어스타일만 남았으면 했는데⋯⋯."

보겸이 다시 자기 머리카락을 움켜쥐자, 길라가 방학하면 파마를 해보라고 했다. 보겸은 진지하게 고민하겠다고 대답했다.

시간도 별로 흐르지 않았다. 고작해야 30분 정도 흘렀을 뿐이었다.

희성은 배가 고팠다.

"야, 뭐 먹으러 가자!"

"아이, 씨바! 나도 그 말 하려고 했는데. 내가 쏠게."

"있잖아, 씨바야. 나 엄청 먹어대는데! 너 그 말 후회할걸. 난 떡볶이!"

"씨바야, 난 피자 먹고 싶어."

그들은 희성이네 집을 나가면서도 계속 먹고 싶은 것들을 떠들어댔다.


그다음 날 다시 만난 그들은 침울한 표정이었다. 정말 이상하리만큼 아무런 일도 일어나지 않았다. 학교 앞에 있던 경찰

들도 사라졌고, 하루에도 몇 번씩 저공비행을 하던 군용헬기들
도 사라졌으며, YP Cell 센터 화재에 대한 뉴스도 사라졌다.

"유령아, 난 그런 생각이 들어. 내가 변한다고 세상이 달라지
는 것도 아니잖아? 그래서 다들 적당히 체념하면서 사는 게 아
닌가 하고."

보겸은 자꾸만 웃음이 누수되는 듯한 표정으로 YP Cell 센터
가 있는 쪽을 바라다보았다. 희성도 그쪽을 바라다보면서 씁쓸
하게 웃었다.

"씨바야, 어서 가자. 길라 기다리겠다!"

희성은 보겸이 어깨를 툭 치고는 편의점을 지나 꿈 유치원 쪽
으로 걸어갔다. 꿈 유치원 앞에서 있던 길라의 머리카락이 노래
를 부르듯이 휘날렸다. 오늘따라 길라는 화장도 짙어 보였다.

보겸이 그런 길라를 보고 장난치듯이 말했다.

"야, 동물실험 반대론자들은 화장품은 쓰지 말아야 하잖아?"

"씨바야, 동물실험 하지 않고 만들어진 화장품도 많거든, 이
바보야!"

"야, 그나저나 유령도 그렇고 싸가지도 그렇고…… 니들 나
를 완전히 호구로 생각하네. 가만 보니까, 난 그대론데 니들 입
이 엄청 거칠어진 것 같아."

"씨바야, 난 원래 그대로거든."

"나도 마찬가지거든."

희성이랑 길라가 맞장구치자 보겸은 희미하게 웃으면서 고개를 숙였다.

"이제 '씨바야'라는 말 좀 그만해라."

순간 길라가 "오, 진짜?" 하고 덧니를 드러내면서 쏘아보았다.

"만약 싫다면 더 이상 안 쓸게. 근데 말야, 너 씨바신 모르니? 힌두교에서 최고로 모시는 신인데. 하도 힘이 막강해서 최고의 신으로 모시는 것이 시바, 좀 발음을 강하게 말하면 씨바신이 잖아!"

그 말을 들은 보겸은 즉시 휴대폰을 끄집어내서 검색을 해 보더니 "어, 진짜잖아!" 하고 펄쩍 뛰었다.

"어쩐지 난 뭘 보면 막 부수고 싶었어!"

그렇게 혼잣말처럼 말하면서 앞서 걸었다.

"아까 한 말 취소!"

보겸은 희성이네 집이 보이자 백 미터 달리기를 하듯이 달려갔다. 희성도 뛰었다. 길라도 뒤질세라 따라붙었다. 자두나무가 보이자 길라가 가장 먼저 가서 꼭 안았다. 자두나무 뒤쪽 땅바닥에 있던 납작한 돌은 보이지 않았다.

길라가 물었다.

"희성아, 저기 있던 돌 네가 치운 거야?"

희성은 고개를 흔들면서 그 돌멩이가 어디로 갔지 하고 주위를 두리번거렸다. 분명 오늘 아침에 집을 나설 때까지만 해도 그 돌멩이가 있었다. 그 사이에 집에는 아무도 없었다.

길라는 뭔가 체념하는 듯한 눈빛으로 친구들을 쳐다보았다.

"있잖아! 우리가 죽을 고비까지 넘기면서 신의 재판국에 갔는데, 이렇게 끝나버린다는 것은 말도 안 되는 일이야. 야, 희성아, 네 사과 목걸이 좀 보자. 혹시 그 속에 내용들이 남아 있을지도 모르잖아?"

희성이 사과 목걸이를 풀어 길라한테 주면서 웃었다.

"나도 몇 번이나 확인했는데, 이건 이동식 디스켓이 아니라고. 디스켓이라면 컴퓨터랑 접속하는 리더기가 있어야 하잖아? 근데 아무리 봐도 그게 없어."

"어, 그러네!" 하고 대답을 한 것은 길라가 아니라 보겸이었다.

"어떻게 이 안에 그런 내용이 저장될 수가 있었고, 그것을 다른 곳으로 옮길 수 있었을까? 이건 지금 인간의 기술로는 설명할 수 없는 부분이야. 내가 컴을 좀 알잖아!"

희성은 가슴을 쭉 펴면서 자신만만하게 말했다.


그렇게 일주일이 지났고, 여름방학이 이틀 앞으로 다가왔다. 희성은 편의점 앞에서 길라랑 보겸을 만났다. 희성은 배가 고팠고, 이미 코는 강렬하게 떡볶이 냄새를 갈망하고 있었다.

그들은 떡볶이 가게가 있는 학교 건너편 상가건물을 돌아서다가, 맥주 가게 앞에 10명의 사람들이 웅성거리는 것을 보았다. 그 맥주 가게는 저녁마다 대형 모니터를 내세워서 쫍짤하게 재미를 보고 있었다.

"축구 A매치가 있나?"

뜻밖에도 길라가 가장 관심을 드러냈다. 보겸이 축구를 좋아하냐고 묻자, 길라는 눈을 크게 뜨고는 가끔씩 밤새도록 잉글랜드 프리미어리그나 스페인 리그의 경기를 본다고 하였다. 그러고 나면 모든 잡념이 사라진다고 하더니, 스페인에 가면 꼭 바로셀로나 홈 구장에 가서 축구를 보고 오겠다는 말까지 덧붙였다.

스포츠에 대해서 전혀 관심이 없는 희성은 그렇게 말하는 길라가 그저 신기할 따름이다. 보겸은 길라의 입에서 축구 전문용어들이 술술술 엮여져 나오자 마치 어릴 적 친구라도 만난 듯이 그녀의 어깨를 툭툭 치고는 맥주 가게 앞으로 다가갔다. 희성도 미적미적 따라갔다.

어이없게도 축구가 아니라 뉴스가 방영되고 있었다. 보겸이 실망한 표정으로 뒤돌아서려던 찰나에, 길라가 잠깐만 기다리라고 하면서 그의 어깨를 잡아끌었다.

안경을 낀 남자 앵커가 아주 신중한 표정으로 또박또박 말을 이어갔다.

"자, 그럼 여기서 YP Cell 센터 불법동물실험에 대한 제보를 하신 박지열 변호사를 모시겠습니다."

박 변호사가 앵커 옆에 앉았다. 볼살이 통통해서 장난기가 많아 보이는 얼굴이었다. 순간 보겸이 길라랑 희성을 번갈아보고는 "설마, 그, 그……." 하고 더듬거리자, 길라가 재빠르게 눈을 깜박였다. 보겸은 침을 꼴깍 삼켰고, 길라는 두 손을 기도하듯이 모았으며, 희성은 자꾸만 다리를 떨었다.

앵커: 박 변호사님, 이렇게 나와주셔서 감사드립니다. 이 사건이 얼마나 중대한 일인지 잘 아실 테고, 그래서 신중하게 제보자의 자료를 검토하셨다고 들었습니다. 언제 제보를 받은 겁니까?

박 변호사: 예, 정확한 날은 밝힐 수 없고요. 아무튼 며칠 전에 제보자로부터 연락이 왔습니다. 이러이러한 파일이 있는데 도움을 주실 수 있냐고 물어온 것이지요. 아마도 제가 시민단체에서 일을 하니까 저를 선택한 것 같습니다. 그래서 그분을 만나서 대충 이야기를 들었고요. 디스켓도 전달받았습니다. 그 디스켓 내용을 확인하고 아주 놀랐고요. 한편으로는 무섭기도 했습니다만, 이것은 내가 목숨을 걸고라도 지켜내야겠구나, 하는 생각이 들었습니다.

앵커: 앞서 보도해드린 것처럼, 너무 엄청난 것들이라서 저희도 좀 더 신중하게 검토하면서 나머지 내용들을 보도할 생각인데요. 그 파일을 보니까, 수천 건의 각종 불법생체실험이 비밀리에 실시된 것 같은데…….

박 변호사: 예, 저는 대충 다 훑어봤고요. 우선 우리 국민의 생명권하고 연계가 된 불법생체실험에 대한 것들을 먼저 공개를 해야겠다고 생각

했습니다. 가령 어린 학생들과 노숙자들, 그리고 외국인 노동자들을 대상으로 불법생체실험이 행해졌다는 것. 그중 상당수가 실종되거나 사망한 것으로 알려졌고, 또 일부는 지금 심한 후유증을 앓고 있는 것으로 파악되었습니다. 그리고 상상도 할 수 없는 끔찍한 불법동물실험들, 적법한 절차를 무시하고 진행된 것들이니까 다 불법이겠죠, 그런 것들을 다 공개해야 한다는 생각이 들었습니다.

변호사의 말이 길어지자 앵커가 슬그머니 말꼬리를 자르면서 질문을 던졌다.

앵커: 그런데 YP 측에서는 모두 다 조작된 소설 같은 이야기라고 주장하고 있는데요. 그 제보자를 밝혀야 한다고 하면서 원본 디스켓을 내놓으라고 하는데…… 만약, 경찰에서 제보자를 찾으려고 압수수색을 한다면 어떻게 하시겠습니까?
박 변호사: 그런 일은 없겠지만, 만약 그렇게 된다면 시민들이 가만 있지 않을 것입니다.
앵커: 이런 불법실험은 워낙 비밀스럽게 이뤄지기 때문에 내부 폭로가 이뤄지지 않으면 세상에 알려지지 않습니다. 이번에도 그런 경우라고 봐야겠지요?

사람들은 놀란 표정으로 뉴스 속보를 보고 있었다.

길라는 희성이랑 보겸을 툭 치며 "아싸!" 하고 소리치면서 폴 딱 뛰었다. 보겸은 어느새 휴대폰을 검색하더니 검색어 1위부터 10위까지는 모두 YP 불법생체실험에 대한 것이라며 흥분된 표정을 지었다.

그날 밤 꿈속으로 애플이 찾아왔다. 희성의 침대 앞에 애플이 서 있었다.

희성은 너무 기쁜 나머지 애플을 보자마자 끌어안았다. 눈물이 쏟아졌다. 눈물이 나온다, 흐른다는 말과 눈물이 쏟아진다는 표현이 어떻게 다른지 확실히 알았다. 몸속에 있는 눈물 제어장치가 순식간에 고장 난 것처럼 눈물이 쏟아졌다. 그렇게 쏟아지는 눈물 홍수를 애플은 조금도 당황하지 않고 그 따뜻한 혀로 닦아주었다.

그렇게 혀를 이용하여 다른 생명체들을 핥아주는 개가 참 지저분하다고 생각했던 적도 있었는데, 가장 예민한 혀를 이용하여 누군가를 느낄 수 있다는 그 자체만으로도 개는 행복할 수 있다는 생각이 들었다.

인간은 고작해야 상대의 손을 잡아주거나 안아주는 정도가 아닌가. 더구나 상대의 눈물을 닦아줄 때는 주로 수건이나 휴지가 쓰이지 않는가. 그것은 눈물이라는 형태로 자신의 감정을 드러낸 상대에게 대한 배려가 아닐지도 모른다. 오히려 상대의 감정을 서둘러 없애버리려는 것 같다. 그에 비하면 개는 상대의 눈물을 온몸으로 흡수하여, 상대의 아픔을 온몸으로 동참하고 느끼면서 위로해주는 따뜻함을 갖고 있다.

희성은 그런 애플이 한없이 고마웠다.

"무사한 거지? 내내 맘에 걸렸어."

잠시 뜸하던 희성의 눈에서 다시 눈물이 쏟아진다. 애플은 희성의 눈물을 그 따뜻한 혀로 닦아주었다. 희성이 잠잠해지자 그제야 애플이 입을 열었다.

"난 신들에게 극적으로 구조되었지. 근데 귓속에다 보관하고 있던 그 디스켓을 잃어버렸기 때문에 얼마나 절망했는지 몰라. 내가 하도 울자 신들이 왜 그렇게 슬퍼하냐고 묻는 거야. 내가 사실대로 말했더니, 걱정하지 말라고 하면서 희성이 네가 갖고 있던 목걸이 이야기를 하는 거야. 난 깜짝 놀랐어. 그건 나도 모르는 사실이었거든!"

희성은 설마 하는 눈빛으로 애플을 보았다.

"난 일부러 애플이 그것을 나한테 맡겼다고 생각했는데……."

"난 널 처음 만났을 때 너무나도 절박했어. 그래서 너한테 어떤 신뢰와 믿음을 주기 위해서, 내가 가장 아끼는 것을 선물로 준 거야. 근데 그 속에 그런 엄청난 비밀이 들어 있다는 사실은 진짜 몰랐어. 그 목걸이는 비밀정보원들이 주로 이용하는 특수한 무선 디스켓이래. 그래서 컴퓨터 옆에 가거나 다른 디스켓이 옆에 있으면, 그 안에 있는 내용이 자동으로 복사되는 모양이야. 그날, 연구실에서 대폭발 사고가 나던 날, 쓰러져 있는 신에일리 박사가 떨어트린 그 이동식 디스켓을 내가 주워서 가지고 다닐 때, 자연스럽게 그 내용이 목걸이 속으로 복사된 것이야. 어쩌면 신 박사님은 그런 상황을 염두에 두고서, 그 목걸이를 나한테 주었을지도 몰라. 목걸이에 복사된 파일도 다 잠금장치가 되어 있었지만, 신의 재판장이 그걸 알고는 재빠르게 해제시켰대. 그거야 신들에게는 별거 아니니까. 암튼 너희들이 아니었으면 영영 불가능한 일이었을 거야. 아마 신 박사님도 하늘나라에서 너희들한테 고마워할 거야."

"내가 아무것도 몰랐으니 망정이니, 그런 사실을 다 알았다면 부담스러워서 아무것도 하지 못했을 거야!"

"아냐, 넌 알았더라도 잘해냈을 거야!"

애플이 다시 희성의 손을 핥아주었다. 희성은 고맙다는 말 대신 애플을 안아주었다.

"이제 너를 꿈에서 깨어나서도 볼 수 있는 거지?"

애플은 한동안 말을 하지 않고 마치 먼 곳을 바라다보듯이 창밖으로 눈길을 돌렸다. 부드러운 밤공기가 흐르고 있었고, 보이지 않는 작은 생명체들이 그 기류를 타고 어디론가 여행을 떠나고 있었고, 밤의 시간을 더 좋아하는 새들의 날갯짓 소리도 들렸다.

　　　　　　　　　　　　　　　신 호모데우스전

"난 개로 살아가겠지만, 때에 따라서는 인간으로 살아갈 수도 있어. 신들이 내게 준 능력이야. 나는 그런 마법을 이용하여, 지금도 실험실에서 하찮은 물건처럼 고문 받고, 독을 마시고, 때론 방사능에 노출되고, 담배 연기를 들이마시고, 독한 농약을 마시고…… 그런 온갖 실험을 받으면서 죽어가고 있는 동물들을 위해서 일을 해야 해. 그러기 위해서는 인간의 도움이 필요하고, 그래서 신들은 내게 인간으로 변신할 수 있는 능력을 준 거야."

"아하, 그렇구나!"

희성은 고개를 끄덕이다가 혹시 이번에 YP 불법동물실험에 대한 폭로를 한 것도 애플이 관여되었을 것이라고 확신했다. 희성은 궁금증을 꾹 누르면서 더 묻지 않기로 했다.

"애플, 내가 도울 수 있는 일이 있으면 언제든 말해."

"당근이지. 희성아, 난 세상 모든 동물들이 자유롭게 사는 세상을 만드는 거야. 그것이 이상일지라도, 이 세상 어느 곳엔가 하나라도 존재한다면 그것만으로도 의미가 있잖아? 그러니 현실에서는 힘들 것이고, 다른 세상에서나 가능하겠지. 난 그런 세상을 찾아보려고 해."

"만약 그런 세상이 있다면, 나도 꼭 가고 싶어. 그것만큼은 약속해줘. 그런 세상이 생긴다면 나를 꼭 초대해준다고."

"당근이지. 내가 너를 얼마나 고마워하고 친구로 생각하는지……."

애플이 울컥하는지, 두 눈을 끔벅끔벅하더니 끝내 눈물을 쏟
아내고야 말았다. 털이 많은 개의 얼굴로 흐르는 눈물은 골짜
기로 흐르는 작은 냇물 같았다. 신의 재판국 원형극장으로 흐
르던 그 냇물이 떠올랐다.

희성은 저도 모르게 손이 아니라 그 따뜻한 혀로 그 눈물을
핥았다. 개의 눈물도 짰다. 그 눈물이 혀를 통해 온몸으로 삽시
간에 퍼졌다. 순간 희성은 가슴이 한없이 뜨거워졌고, 눈물이
다시 핑 돌았다.

애플의 눈에서 눈물이 잦아들 즈음, 희성은 신의 재판국에
대해서 물었다.

"엄청 혼란스러웠어. 그 세상이 사라지는 줄 알았어. 그런데
그 혼란이 사라지자 기적처럼 다시 해가 뜨고 달이 뜨고, 온갖
생명체들이 생겨나기 시작했어. 그게 바로 너희들이 남기고
간 씨앗들이야. 그 씨앗들은 대부분 삐딱한 돌연변이들을 탄
생시켰어. 희성이 네 몸에서 나온 씨앗들은 참으로 희한하게
생긴 풀과 나무로 변했고, 물고기처럼 생긴 작은 동물로도 변
해서 하늘을 날아다니기도 했어. 모두 다 처음 보는 것들이라
고 신들이 말했지. 보겸이 몸에서 나온 씨앗들은 기린보다 더
목이 긴 동물로 변하기도 했고, 길라의 몸에서 나온 씨앗들은
버섯처럼 생긴 동물로 변하기도 했어. 그렇게 삐딱한 돌연변

이들이 계속 생겨나고 있는데, 그 삐딱한 것들이 그곳에서 살아가는 당당한 생명체로 변해가는 거야. 어떤 인간들이 침입해와도 견딜 수 있도록 변화된 생명체들이라서, 그곳에서 자리 잡은 생명체들은 핵미사일에 맞아도 끄떡하지 않는대. 대단하지?"

희성은 고개를 끄덕였다.

"암튼 그곳은 상상도 할 수 없을 정도로 환상적인 곳이 되었어. 그건 네 맘대로 상상해 봐. 너희들이 보면 깜짝 놀라고 좋아할 텐데. 신들이 너희들에게 고마운 인사를 전해달라고 했어."

희성은 참으로 잘된 일이라고 몇 번이나 고개를 끄덕였다. 특히 삐딱한 돌연변이들이 새로운 생명체로 변화된다는 말을 듣고, 삐딱하다는 것이 나쁜 것만은 아니구나, 하고 얼마나 중얼거렸는지 모른다.

"김 박사와 그 여자 경찰은 신들에게 붙잡혔고, 그곳에서 재판을 받았어. 그들은 새로 싹이 돋아나는 숲에서 물을 주는 일을 했지. 그리고 숲이 살아나자 인간 세상으로 돌아가도 된다는 허락을 맡았지만, 김 박사는 그걸 포기했어. 김 박사는 한때 세상에서 가장 특별한 존재였다가 이제 가장 쓸모없는 존재가 되어버린 자신을 한탄하고 슬퍼했단다. 결국 그 여자 경찰만 돌아갔어. 물론 그 여경은 그곳에서 있었던 일들을 하나도 기억하지 못해. 그 여경은 지하주차장 자기 자동차 안에서 발견되었고, 병원으로 옮겨졌다가 하루 만에 의식을 회복했어."

"그럼 그 박사는 어떻게 되는 거야?"

"서서히 소멸되겠지. 그는 자기 세상으로 돌아가도 삶이 순탄하지 않을 것임을 예견한 거야. 지금 뉴스에서 YP 불법동물실험을 보도하자, 세상 사람들이 김 박사를 찾고 있잖아. 그가 총책임자였으니까. 이런 문제가 터지니까, YP 연구소 동료이자 학교 후배인 윤성환 박사가 가장 바빠졌어. 여기저기 방송에 출연해서 김 박사의 비도덕성과 불법실험에 대해서 매섭게 비판하고 있잖아. 그렇게 YP 측에서는 김 박사 혼자서 벌인 자작극으로 몰아가고 있는 셈이지."

애플은 세상 모든 일이 다 그런 것 아니냐고 씁쓸하게 웃었다.


엄마가 희성을 흔들어댔다. 희성이 눈을 뜨자 엄마는 어서 마당에 나가보라고 했다. 무슨 일이냐고 해도 말하지 않고 억지로 웃음을 꾹 참아내고 있었다.

마당에서는 청개구리 주술사들이 자기들만이 아는 언어로 끊임없이 주문을 외우고 있었고, 그것 때문인지 몰라도 부드러운 이슬비가 하염없이 내리고 있었다. 희성은 하마터면 입을 벌리고 그것을 받아먹을 뻔했다. 그러다가 어린잎이 고물고물 돋아나는 자두나무를 보았다.

"오오, 아빠는 마당에 나와서도 한참 있다가 알아봤는데, 희성이는 대번에 알아보네. 어때, 대단하지? 저 잎새를 봐라. 꼭 아기 손 같아. 난 저 새잎을 보면서, 너를 낳았을 때 생각이 났거든. 그 꼼지락거리는 손가락, 발가락. 꼭 그걸 보는 것 같았어. 아마 내년이면 자두가 주렁주렁 열릴 거야. 아빠가 자꾸 베어버리자고 한 걸 간신히 말렸는데 아, 얼마나 잘했다는 생각이 드는지 말이야. 내 생애 가장 잘한 일 같아. 저 나무처럼 믿어주고 가만히 지켜보았으면 되었을 텐데, 왜 우리 아들한테는 그러지 못하고 조급하게 그랬는지. 아들, 저 파릇한 잎을 보니까 엄마가 더 미안해. 네 몸에서도 저런 잎이 돋아났으면 좋겠다!"

희성은 뒤에서 다가오는 엄마의 숨소리를 느꼈고, 엄마의 팔이 어깨에 닿는 순간 슬그머니 뿌리치고는 그 자두나무 앞으로 갔다.

희성은 머리를 자두나무에다 기댄 챈 속삭인다.

'신의 재판장님, 그리고 수많은 신들이시여, 고맙습니다.'

"너 뭐라고 중얼거리니?"

희성은 모르는 척 "아, 아니요!" 하고 고개를 흔들면서 집 안으로 들어갔다. 목에 걸린 사과 목걸이가 반짝거리면서 흔들렸다.

희성은 자기 방으로 와서 목걸이를 만지다가 뒷면에 새겨진 파란 글자를 보았다.

　　김희성, 당신을 만난 것은 기적이었습니다.

# New Rainbow Nation

여름방학이 끝나고 2학기가 시작된 지 며칠이 지났다. 보겸에게 한 통의 메일이 배달되었다.

-귀하에게 New Rainbow Nation 여권 발급을 허락합니다.

그것을 받자마자 희성은 보겸에게 카톡을 날렸다.

삐딱한 유령: 대박! 씨바야, 벌써 다 완성한 거야!

희성은 자신의 카톡을 비롯하여 이메일에 쓰이는 닉네임을 삐딱한 유령이라고 바꿨다. 보겸도 'Siva'라고 바꿨다.

Siva: 당근이쥐! 유령아, 내가 컴은 좀 다루잖아!

Siva: 디자인하는 데 시간이 좀 걸렸어. 그 신들의 나라, 그곳 풍경을 최대한 상상해서 재현해보려고 했는데…….

**삐딱한 유령:** 지금 막 접속!

**삐딱한 유령:** 짱! 원형극장으로 흐르는 냇물, 수많은 신들이 희미하기는 하지만.


New Rainbow Nation 홈페이지에 접속한 희성은 깜짝 놀라고 있었다.

희성이 상상한 가상 국가는 작은 연못 같은 곳이었다. 인간의 눈으로 보면 작아 보일지 몰라도 실제로는 어마어마한 생명체들이 살아가는 거대한 우주 같은 곳, 인간도 물벼룩만큼이나 똑같은 가치와 무게를 가진 곳, 그런 세상을 상상해서 만들 수 있겠냐고 했을 때, 보겸은 고개를 절레절레 흔들었다.

그런데 보겸이 창조해낸 세상이란 희성이 기대했던 것보다 훨씬 근사했다. 신의 재판국에 있는 원형극장을 작은 연못으로 바꾸어놓았다. 그 주위에는 온갖 생명체들이 꾸물거리고 있었다.

새삼 보겸이 다르게 보였다. 희성이 가상국가를 생각한 다음 보겸을 만났을 때까지만 해도 이게 가능할지 확신할 수 없었다. 희성은 최근에 만들어진 가상 국가들을 소개하면서, 인간

신 호모데우스전

이 만든 사이버 공간에다 동물들의 실험을 반대하는 사람들의 나라를 세우자고 했다. 보겸은 게임 속에 나오는 가상 국가는 많이 알아도, 사이버 세계에 존재하는 가상 국가는 처음이라고 하면서 신중한 반응을 보였다. 그런데 다음 날 만난 보겸은 마치 대단한 발견이라도 한 것처럼 들떠 있었다.

"대신 싸가지한테는 비밀! 다 완성하고, 싸가지한테 여권을 선물로 주고 싶어. 사실 싸가지한테 멋진 직책을 맡기고 싶은데, 우리가 생각하는 나라는 그런 거 없잖아? 정치인이나 대통령 그딴 거 없고, 모두가 다 참여하는……."

지난 한 달간 희성이랑 보겸은 거의 날마다 만나다시피 했다. 그들은 둘이서 국가 이름을 정했다. 가장 먼저 '영혼을 가진 생명체들'이라는 말이 후보로 올랐다. 동물이라는 말은 원래 라틴어에서 나왔다는 사실을 희성은 처음으로 알았다. 그 의미는 놀랍게도 '영혼을 가진 생명체' 혹은 '숨 쉬고 있는 생명체'라는 뜻이다. 동물(動物)이라는 말도 '살아서 움직이는 모든 만물'이라는 뜻이니까, 라틴어에서 말한 의미랑 거의 비슷한 셈이다.

그러나 국가 이름으로는 좀 모호하다는 것이 보겸의 의견이었다. '살아 있는 것들의 세상'이라는 뜻의 〈the world of living〉도 유력한 후보였다.

그것은 희성이 거절했다. 좀 더 쉽고 단순하면서도 의미를 갖고 있는 국가명을 찾고 싶었다. '작은 숲'이라는 뜻의 〈a small forest〉 땅콩국가, 즉 작은 나라도 유력 후보였고 〈greener nation〉, 〈Blue Planet〉이라는 말도 유력한 후보였다.

그러다가 며칠 전에야 '새로운 무지개 나라'라는 뜻을 가진 〈New Rainbow Nation〉이라고 결정했다. 'rainbow nation'은 많은 인종과 많은 문화로 이루어진 남아프리카공화국을 상징하는 말이다. 무지개 색깔처럼 다양성을 존중한다는 뜻이니까, 희성이 생각하는 의미랑 다르지 않았다. 보겸도 그 말을 듣자마자 "이거다!" 하고 찬성했다.

"우리가 만들고자 하는 나라는 인간들만의 다양성을 넘어서서, 지구에 살아가는 다른 종들간의 다양성도 존중하는 뜻이잖아? 인간들뿐만 아니라 흰쥐, 개, 토끼, 뱀, 가축 등 모든 종들이 다 행복할 권리가 있는 거잖아?"

"오케이! New Rainbow Nation!"

국가명이 정해지자 그제야 희성은 엄청난 숙제를 해낸 기분이었다. 그때부터 희성은 보겸에게 소식이 오기만을 기다렸다.

Siva: 유령아, 나 이거 하느라고 진짜 힘들었다. 이것 때문에 호주 가는 것도 포기하고. 이모가 꼭 오라고 했는데. 암튼 유령아, 나 뭔가를 이렇게 열심히 해본 적 없어.

삐딱한 유령: 씨바야, 호주는 나중에 나랑 같이 가자!

신 호모데우스전

Siva: OK!

Siva: 유령아. 난 요새 이런 생각 자주 해. 우리가 이런다고 세상이 달라질까?

Siva: 근데 말이야, 이걸 만들면서도 내가 좋았거든. 내가 막 행복해지는 느낌, 나 살아오면서 그런 느낌은 첨이야. 그러면 되는 거 아냐?

삐딱한 유령: 사실 나도 그런 느낌을 살짝 받았어. 뭔가 뿌듯하고 행복해지는 기분.

Siva: 어른들한테 게임 중독자라고 늘 문제아 취급받았는데, 여기에 몰입하면 할수록 기분이 좋아지는 거야. 내가 뭔가를 하고 있다는 것이.

삐딱한 유령: 우쭈쭈! 우리 씨바, 장하다! 근데 길라한테 알려야지.

Siva: 이제 알려야지.


그리고 한 10분 정도 흘렀을까. 길라한테 카톡이 왔다.


한길라: 야아! 존나, 양아치, 개새끼들!!!! 씹새끼들! %^&**


길라는 핵폭탄 규모의 욕설을 쏟아내고 있었다. 그 목소리가 들리는 것 같아 희성은 귀까지 막아버렸다.


Siva: 미안 미안! 내가 이렇게 하자고 했어.

Siva: 싸가지야, 그냥 너한테 깜짝 선물하고 싶어서.

길라가 서운하다고 욕설을 퍼부으면, 보겸은 쩔쩔 매면서 사과를 했다. 카톡창이 몇 번이나 가득 차도록 그들은 똑같은 패턴을 되풀이하고 있었다.

희성은 속으로 '이것들 봐라.' 하고 히죽거렸다. 보겸이 길라 챙기는 것을 볼 때마다 희성은 그들이 잘 어울린다고 생각하면서도, 그 언젠가 신의 재판국에서 길라를 끌어안고 영원 같다는 생각을 하던 그 순간이 떠오르면 저도 모르게 얼굴이 달아올랐다. 도무지 자기 감정을 알 수 없었다.

> 삐딱한 유령: 뭐야? 씨바야, 나 이용해서, 이런 식으로 길라한테 고백한 거야?
>
> Siva: 아냐 아냐! 그게 아니라고!
>
> 삐딱한 유령: 씨바야, 뭐가 그게 아냐. 좋아하면 좋아한다고 해!
>
> Siva: 유령아, 자꾸 헛소리 할래. 그게 아니래도!
>
> 한길라: 암튼 그 선물 잘 받을게. 살짝 서운하기는 해도. 날 New Rainbow Nation으로 초대해줘서 고마워.
>
> 한길라: 근데 난 씨바한테는 관심 없어. 그건 분명히 하자!
>
> Siva: 누가 뭐래!

보겸은 일단 New Rainbow Nation의 창립 멤버로 그렇게 3명이 등록되었고, 또 누군가 초대하고 싶은 사람들이 있으면 말을 하라고 했다. 단 초대하고 싶은 사람은 동물실험에 반대한다는 가치에 동의해야만 한다고 했다. 우선 초대하고 싶은 사람을 할 것이고, 자연스럽게 이곳을 알고 시민이 되고 싶어하는 사람들은 자기 이메일 주소만 보내면 된다고 했다. 원하는 사람들은 다 여권을 발급해줄 것이다.

> Siva: New Rainbow Nation은 모든 정보를 다 공개하고, 모두가 다 알게 되고, 그런 시스템이니까. 일종에 대안국가라고 할 수 있어. 현실에서는 할 수 없는.
>
> 한길라: 와아, 대단해! 암튼 고맙다. 둘 다!
>
> 삐딱한 유령: 난 뭐 한 거 없고, 저 씨바한테…….
>
> Siva: 저 새끼는 저게 문제야. 늘 스스로 존재감을 지우려고 하는…… 야, 유령! 이제 좀 눈에 띄게 살아라!
>
> 삐딱한 유령: 아냐, 난 유령이 좋아. 히히히.
>
> Siva: 아이고 소름끼친다!

잠깐 카톡방이 조용했다가 보겸의 카톡이 날아왔다.

> Siva: 빅 뉴스!
>
> Siva: 어서 여권 발급소에 들어가 봐.

New Rainbow Nation 홈페이지 상단 맨 끝에는 여권발급소가 있다. 아무나 그곳에 들어가서 여권 발급을 희망한다는 글을 남길 수 있도록 해두었다.

희성은 서둘러 그 방으로 들어갔다. 애플이라는 닉네임이 눈에 확 들어왔다.

애플: 저도 이런 나라를 꿈꾸어왔는데…… 진심으로 새로운 무지개나라 탄생을 축하합니다! 어서 그 나라에 가서 인간이라는 동물들이랑 다른 동물들이랑 팝콘 먹으면서 영화 보고 싶어용!

그 밑에는 신의 재판장이라는 닉네임으로 된 댓글이 보였다.

신의 재판장: 저도 여권 발급을 신청합니다. 아직 휴가 갈 나라를 정하지 못했는데…… 어서 비자 발급해주세용. 나중에 은퇴하면 그곳에 가서 장사나 할까? 걱정마세용~. 인간과 동물 모두가 좋아하는 맛있는 딸기고욤과자를 만들어서 팔 테니까용.

희성은 그것을 보고도 한동안 믿을 수가 없었다.

삐딱한 유령: 애플이랑 신의 재판장께서 들어왔어!
한길라: 진짜 그분들이겠지?

　　　　　　　　　　　　　　　　신 호모데우스전

삐딱한 유령: 히히히! 이거 재밌당.

Siva: 아, 이건 나도 상상도 못했던 일이야!

삐딱한 유령: 어, 방금 접속하신 분. '땅에다 쓴 글자'라는 닉네임이야.

한길라: 대박! 꿈속 세상에서 우리를 도와주신 그, 보이지 않는 분?

Siva: 이게 말이 돼?

삐딱한 유령: 우린 어차피 말도 안 되는 세상에 살고 있잖아! 히히히.

Siva: 아, 소름끼쳐! 저 새끼 진짜 유령 같아.

한길라: 히히히…….

# 『신 호모데우스전』
## 창작 노트

*＊＊＊*

흰쥐를 생체실험한 아이들을 만난 적이 있었다. 아이들은 긴장되면서도 재미있는 경험이었다고 말했다. 기회가 되면 또 하고 싶다고도 했다. 그 실험을 통해 무엇을 배웠냐고 물었더니 심장과 간, 콩팥 같은 것이 흰쥐의 몸속에 있다는 것을 알았다고 했다. 흰쥐가 불쌍하다고 하는 아이는 단 한 명도 없었다.

후에 이 아이들에게 흰쥐 생체실험을 시킨 어머니를 만났다. 왜 그런 실험을 시켰냐고 물었더니, 나중에 과학 공부를 하는 데 도움이 될 것 같아서, 다른 아이들도 다 하니까, 그런 것을 알면 도움이 될 것 같아서, 라는 답변이 돌아왔다.

또 토끼를 생체실험한 후에 몹시 괴로워하는 한 고등학생을 만난 적이 있었다. 과학 동아리에서 행해진 실험이었는데, 그 소녀는 아무렇지도 않게 살아 있는 토끼를 마취시키고 해부하는 친구들이 무서웠다고 했다.

나도 고등학교 때 토끼를 해부한 경험이 있다. 마취한 토끼는 아니었다. 사람들이 목에 올가미를 씌워 죽인 토끼였다. 마을 어른들은 그 토끼를 다리 밑으로 끌고 가서 나한테 해부하라고 했다. 털을 없애고, 배를 가르고, 간과 콩팥이며 쓸개를 하나하나 소중하게 찾아가도록 훈수하였다. 그분들은 나에게 과학적인 지식을 알려주기 위해 그런 일을 시킨 것이 아니었다.

신 호모데우스전

생명의 소중함을 알려주기 위해 그런 일을 시킨 것이었다. 비록 인간이 잡아먹을 수밖에 없지만, 간이며 쓸개, 창자 등 인간과 모든 걸 똑같이 갖춘 동등한 생명체라고 하면서 함부로 대해서는 안 된다는 것을 가르쳐주기 위함이었다.

어쩌면 나는 그때부터 이런 글을 쓰려고 준비하고 있었는지 모른다.

나는 서울에서 '우리 가게에서는 동물실험을 거친 화장품만 판매합니다!' 하고 용감하게(?) 써붙인 글을 보았다. 나는 한동안 그 가게 주위를 어슬렁거렸다. 놀랍게도 그 가게는 손님이 아주 많았다.

하루에도 애완동물의 목줄을 끌고 다니는 사람을 수십 혹은 수백 명씩 마주친다. 나는 그들에게 묻고 싶어진다. '당신들에게 애완동물이란 어떤 존재인가요?', '만약 그 애완동물들이 실험실로 끌려간다면 어떻게 하실 건가요?', '애완동물과 야생동물은 다른가요?', '우리가 먹는 삼겹살이나 치킨과는 어떻게 다른가요?'라고.

나는 강연을 듣는 아이들에게 종종 "너희들은 참 불행해."라는 말을 한다. 그때마다 그들은 약간 놀란 듯하다가 이내 체념하는 눈빛을 지으면서 내 말을 자기들 방식으로 해석한다. "그래, 우리 세대는 불행하지. 아무리 열심히 공부해도 취업하기

쉽지 않고, 점점 많아지는 노인들을 다 먹여 살려야 하고……."
내가 히죽히죽 웃다가 "왜냐고? 너희들은 너무 오래 살아야 하
니까!"라고 말하면 그들은 어이가 없다는 듯 폭소를 터트리다
가 이내 서글픈 웃음을 짓는다. 맞다. 지금 아이들은 불행하다.
인간이 자랑하는 엄청난 과학과 숱한 의학 지식이 수명을 끝없
이 연장시킬 것이다. "그런데 이백 년, 삼백 년 산다면 너희 그
많은 시간을 뭐 하고 살래? 시간은 누가 대신 살아주는 게 아니
거든." 내 말에 아이들은 그냥 멍하니 나를 쳐다만 보고 있다.

나는 가끔씩, 지금 내가 행복한가, 하고 묻는다.
나는 가끔씩 청소년이었던 과거 속의 나에게, 넌 행복했니?
묻고 싶어진다.

나는 '행복해지고 싶다'는 인간들을 많이 만났다. 책을 통해
서 혹은 꿈을 통해서 과거 속의 사람을 만난 적도 있다. 인간들
은 잘 살면 행복해질 것이라고 했다. 오래 살면 행복할 것이라
고 했다. 실제로 과학과 의학의 발전으로 인간들의 소득은 엄
청나게 늘어났고, 평균수명도 거의 배 이상 늘어났다. 그렇다
면 그들의 행복 지수도 그만큼 늘어나야 한다. 그런데 놀랍게
도 행복하다는 말을 하지 않는다. 유럽의 대부분의 나라들이
그렇고, 미국이 그렇고, 일본과 한국이 그렇다. 그런데 그들은

더욱 더 맹렬하게 잘 살고 싶어 하고, 오래 살고 싶어 한다. 영원히 살고 싶어 한다. 만약 인간이 영원한 생명을 얻는다면, 그러니까 신이 된다면 그때는 행복해할까? 이 글은 그러한 물음표들의 메아리다.

나는 한 지인이 보내온 카톡을 몇 번이나 곱씹는다. "코로나19를 일으킨 바이러스의 등장은 근본적으로 환경을 착취의 대상으로 대하는 인류의 태도와 깊은 관련이 있다. 하지만 어떠한 언론도 거기에는 주목하지 않는다. 오로지 악의 축인 바이러스의 퇴치만이 정답인 것처럼 떠들어댄다."

나는 앞으로 인간이 감당할 수 없는, 상상도 할 수 없는 일이 일어날까 봐 두렵다. 인간의 욕망이 사라지지 않는 한, 모든 동물들이 착취의 대상이라는 발상이 바뀌지 않는 한 인간의 미래는 한순간에 지옥으로 변할 수도 있다.

나는 그런 두려운 마음으로 이 책을 세상에 내보낸다. 공교롭게도 이때에 코로나19라는 전염병이 온 나라를 태질하고 있어서 몹시 우울하다. 그래도 날은 풀리고, 땅에서 새로운 생명이 돋아나고 있어서, 그것들을 보고 다시금 살아가는 법을 배운다.

매화꽃이 피고 버들개지도 부풀어 오르고 봄눈까지 휘날리는
2020년 3월 어느 날, 이상권

# 신 호모데우스전

ⓒ 이상권, 2020

초판 1쇄 인쇄일 | 2020년 4월 6일
초판 1쇄 발행일 | 2020년 4월 20일

지은이 | 이상권
펴낸이 | 사태희
편  집 | 유관의
디자인 | 권수정
마케팅 | 장민영
제작인 | 이승욱 이대성

펴낸곳 | (주)특별한서재
출판등록 | 제2018-000085호
주 소 | 04037 서울시 마포구 양화로 59, 703호 (서교동, 화승리버스텔)
전 화 | 02-3273-7878
팩 스 | 0505-832-0042
e-mail | specialbooks@naver.com
ISBN | 979-11-88912-71-1 (43810)

이 도서의 국립중앙도서관 출판예정도서목록(CIP)은 서지정보유통지원시스템
홈페이지(http://seoji.nl.go.kr)와 국가자료종합목록시스템(http://www.nl.go.kr/kolisnet)에서
이용하실 수 있습니다. (CIP제어번호 : CIP2020012248)